A VIOLINISTA

Editora Appris Ltda.
1.ª Edição - Copyright© 2023 da autora
Direitos de Edição Reservados à Editora Appris Ltda.

Nenhuma parte desta obra poderá ser utilizada indevidamente, sem estar de acordo com a Lei n° 9.610/98. Se incorreções forem encontradas, serão de exclusiva responsabilidade de seus organizadores. Foi realizado o Depósito Legal na Fundação Biblioteca Nacional, de acordo com as Leis n°s 10.994, de 14/12/2004, e 12.192, de 14/01/2010.

Catalogação na Fonte
Elaborado por: Josefina A. S. Guedes
Bibliotecária CRB 9/870

A659v 2023	Araújo, Marlúccia A violinista / Marlúccia Araújo. – 1. ed. – Curitiba: Appris, 2023. 85 p. ; 21 cm. ISBN 978-65-250-4164-3 1. Ficção brasileira. 2. Música. 3. Amor. 4. Espiritualidade. I. Título. CDD – B869.3

Editora e Livraria Appris Ltda.
Av. Manoel Ribas, 2265 – Mercês
Curitiba/PR – CEP: 80810-002
Tel. (41) 3156 - 4731
www.editoraappris.com.br

Printed in Brazil
Impresso no Brasil

Marlúccia Araújo

A VIOLINISTA

FICHA TÉCNICA

EDITORIAL Augusto Vidal de Andrade Coelho
Sara C. de Andrade Coelho

COMITÊ EDITORIAL Marli Caetano
Andréa Barbosa Gouveia (UFPR)
Jacques de Lima Ferreira (UP)
Marilda Aparecida Behrens (PUCPR)
Ana El Achkar (UNIVERSO/RJ)
Conrado Moreira Mendes (PUC-MG)
Eliete Correia dos Santos (UEPB)
Fabiano Santos (UERJ/IESP)
Francinete Fernandes de Sousa (UEPB)
Francisco Carlos Duarte (PUCPR)
Francisco de Assis (Fiam-Faam, SP, Brasil)
Juliana Reichert Assunção Tonelli (UEL)
Maria Aparecida Barbosa (USP)
Maria Helena Zamora (PUC-Rio)
Maria Margarida de Andrade (Umack)
Roque Ismael da Costa Güllich (UFFS)
Toni Reis (UFPR)
Valdomiro de Oliveira (UFPR)
Valério Brusamolin (IFPR)

SUPERVISOR DA PRODUÇÃO Renata Cristina Lopes Miccelli
PRODUÇÃO EDITORIAL Letícia Campos
REVISÃO Mateus Soares de Almeida
DIAGRAMAÇÃO Renata C. L. Miccelli
CAPA Sheila Alves

Àqueles que acreditam em conexão de almas.

AGRADECIMENTOS

Agradeço à Jasmine, filha amada, que está sempre ao meu lado me apoiando e viabilizando meus projetos.

À minha mãe Minerva, por todo amor dedicado a mim, em cada gesto e em cada palavra doce de incentivo.

À Mikaella Barbosa, sobrinha querida, por acreditar, desde o início, na concretização deste livro.

E àqueles que estiverem na retaguarda, incentivando e torcendo para que eu a levasse adiante esta publicação, em especial a George Marcelo e Roberto Ribeiro.

*Tudo no mundo é frágil, tudo passa...
Quando me dizem isto, toda a graça
Duma boca divina fala em mim!
E, olhos postos em ti, digo de rastros:
"Ah! podem voar mundos, morrer astros,
Que tu és como Deus: princípio e fim!"*

(Florbela Espanca)

PREFÁCIO

Contos de fadas fazem parte do imaginário coletivo da nossa sociedade, desde bem antigamente até os dias de hoje. Literalmente e metaforicamente. Contos de fadas criam arquétipos comportamentais insuperáveis, além de embalar os sonhos de quem precisa sonhar. Afinal, como Calderón de La Barca nos ensinou, a vida é sonho e sonhos, sonhos são.

Em *A violinista*, Marlúccia Araújo nos presenteia com um conto de fada sintonizado com a modernidade. Na época das relações líquidas, os contos são diferentes, as fadas são outras, nada será como antes. Heroínas, príncipes, lobos e madrinhas são pessoas comuns, da vida cotidiana, que batalham, trabalham e se relacionam concretamente, tendo por cenário florestas de pedras, ruas, carros e miséria. Floresta desencantada pela abastança de uns e a penúria de outros. Desencantamento que pode ser macabro, que pode ferir a sensibilidade dos menos preparados para o mundo líquido. Cuidado, o Curinga está à sua espreita bem naquela esquina.

Contos de fadas nos falam de amores perfeitos e eternos enquanto duram. Um mundo onde as peças se encaixam perfeitamente, bastando superar os obstáculos interpostos pelo mal. Os contos de fadas líquidos também nos falam de um mundo perfeito, porém longe de eterno. Os líquidos buscam a terra, como queria Aristóteles, e a terra sepulta aqueles que a procuram. Os contos líquidos não têm compromisso com final feliz. Ele é apenas uma possibilidade, nunca uma necessidade. Afinal, o mundo líquido é a morada da distopia.

O texto de *A violinista* é leve, fluido, escorreito. O objetivo é contar a história, o subtexto fica a cargo do leitor. Breve prosa, longas vidas estampadas em cada personagem. A tragédia mora ao lado, a tragédia está em toda parte, incluso o reino da Dinamarca. Preparem-se, contos de fadas líquidos podem causar fortes emoções. Marlúccia Araújo sabe, com sua escrita, provocar emoções.

Francisco Teixeira
Professor titular aposentado da Escola de Administração da UFBA e autor do livro Chapada, Lavras, Diamantes: percurso histórico de uma região sertaneja

SUMÁRIO

CAPÍTULO I
A VIOLINISTA..15

CAPÍTULO II
O GARÇOM..33

CAPÍTULO III
A DECLARAÇÃO...41

CAPÍTULO IV
O REVERENDO..46

CAPÍTULO V
O JANTAR...68

CAPÍTULO VI]
O CASAMENTO..72

EPÍLOGO...77

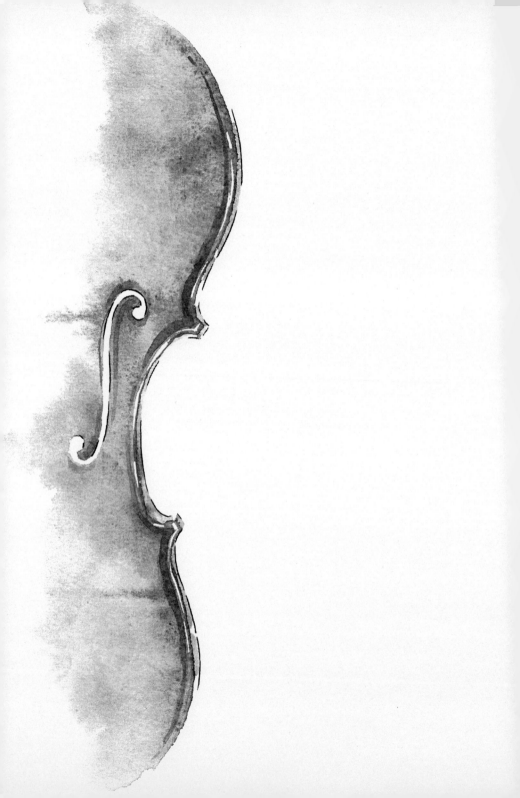

CAPÍTULO I

A VIOLINISTA

O ano era 2008

Sarah não estava se sentindo muito bem: um pouco de náusea, tontura e uma incômoda dor de cabeça. Por conta desse mal-estar, decidiu sair mais cedo do trabalho. Queria passar o resto da tarde descansando, afinal, fim de semestre era sempre assim... Estressante!

Seu marido Ludwig trabalhava em casa, era pesquisador dos ritmos latinos. Neste momento de fragilidade, Sarah só queria um pouco de mimo e ficar pertinho de seu amor. Por conta do corre-corre diário, estavam cada vez mais afastados sexualmente, a hora era oportuna para Sarah dizer o quanto o amava e sentia sua falta.

A música nas alturas, ouvia-se do corredor do andar de seu apartamento. Ela abriu a porta e foi em direção ao aparelho de som, que ficava na sala de estar, numa estante de mármore com prateleiras de vidro, mas percebeu que estava desligado. Precisava urgentemente abaixar o volume daquele pagode de gosto duvidoso com letra de duplo sentido. Foi como receber marteladas na cabeça. Com certeza, era obra e graça de Francielle, a diarista que trabalhava para o casal, duas vezes por semana. Enquanto fazia a faxina, a moça, cheia de volúpia, adorava ouvir esse tipo de música repleta de lascívia. Chamou pelo marido e por Francielle, mas ninguém respondeu. Sem acreditar, percebeu que o barulho estridente vinha do seu quarto, ao empurrar a porta viu uma cena inimaginável que a deixou zonza, muda e petrificada. Pensou: "não, isso não é verdade... é um delírio..."

Em sua cama, seu marido estava ofegante, em cima da diarista fazendo um tórrido sexo anal. Os batimentos cardíacos de Sarah aceleraram, ela começou a tremer, foi possuída por uma raiva incomum, invadida por vários sentimentos: nojo, decepção, frustração, desespero e uma angustiante dor no peito. Sem acreditar no que estava presenciando, foi surpreendida por uma inoportuna ânsia de vômito. Começou a vomitar abundantemente, talvez para expurgar toda exasperação que estava sentindo naquele momento. Somente nesse instante foi que os adúlteros perceberam a presença dela. Francielle pulou da cama como uma felina e correu em direção à área de serviço. Com agilidade de uma ladra profissional, pegou sua bolsa e suas minúsculas roupas e saiu correndo. Tinha medo do que a patroa pudesse fazer com ela. Ludwig ficou sem reação, pronunciou o típico texto dos traidores pegos em flagrante:

— Eu posso explicar!

Sarah passou a mão na boca para limpar o vômito e gritou como nunca tinha feito na sua vida:

— Explicar o quê? Seu canalha! Eu tenho nojo de você! Filho da puta desgraçado! Saia da minha casa agora! Fora da minha vida, seu crápula! Cadê aquela vagabunda de quinta? Fora, imundos!!!

Quando Ludwig saiu, Sarah não ousou pisar em seu quarto antes de mandar "desinfetá-lo". Contratou uma faxineira que fez uma limpeza geral. Comprou cama e colchão novos, queimou os lençóis que estavam sendo usados, assim como todos os vestígios que remetessem à lembrança de Ludwig, rasgou e também incinerou a primeira página de sua agenda, onde ele tinha escrito, com caneta preta, uma transcrição do livro *Mulher de Trinta Anos* de Honoré de Balzac:

> Uma mulher de trinta anos tem atrativos irresistíveis. A mulher jovem tem muitas ilusões, muita inexperiência. Uma nos instrui, a outra quer tudo aprender e acredita ter dito tudo despindo o vestido. [...] Entre elas duas há a distância incomensurável que vai do previsto ao imprevisto, da força à fraqueza. A mulher de trinta anos satisfaz tudo, e a jovem, sob pena de não sê-lo, nada pode satisfazer. (BALZAC, 1998, p. 22).

— Com certeza era ironia daquele crápula, o propósito daquele canalha era ludibriar-me com esta citação. Seu objetivo era fazer com que eu acreditasse que ele estava satisfeito com a mulher que tinha e não desconfiasse de nada, queria que eu me sentisse segura, para facilitar seus planos sórdidos. Suas taras e parafilias imundas — pensou Sarah no auge da sua dor de mulher traída.

Ao contrário do Balzac, escritor francês do século XIX, Ludwig tinha uma predileção pelas ninfetas ardilosas que transpiravam sensualidade e sexo por todos os poros. A diarista tinha 18 anos, era uma mulata dona de um corpo escultural.

Sarah, porém, era uma típica balzaquiana do séc. XXI, no frescor da idade sexual (trinta e cinco anos recém-completados), bonita, atraente, culta, inteligente, independente e professora de violino[1] da conceituada Escola Superior de Música da capital baiana.

---

[1] Tecnicamente o **violino** é um instrumento musical classificado como instrumento de cordas friccionadas. É o mais agudo dos instrumentos de sua família, correspondendo ao Soprano da voz humana. Possui quatro cordas (Mi4, Lá3, Ré3, Sol2). O timbre do violino é agudo, brilhante e estridente, mas, dependendo do encordoamento utilizado, pode-se produzir timbres mais aveludados e bonitos.
O **violinista** precisa de vários anos de dedicação para aperfeiçoamento de sua técnica. Segundo os especialistas, o violino é um instrumento de difícil aprendizagem, apesar de ter apenas quatro cordas.
Um dos mais famosos **violinistas** de todos os tempos foi Niccolò Paganini, italiano que viveu no século 19. Dizem que sua técnica era impressionante, façanha que lhe valeu o título de "Violinista do Diabo".

ALGUM TEMPO DEPOIS...

Sexta-feira, seis horas da tarde, termina mais uma jornada de trabalho de Sarah. Ela guardou os instrumentos, despediu-se dos alunos, pegou suas coisas e dirigiu-se ao estacionamento. Acionou o alarme do seu jipe verde-oliva, ligou o som e preparou-se para enfrentar o trânsito caótico e lento da metrópole. Para acalmá-la, nada melhor que a nona sinfonia de Beethoven, a música clássica era um bálsamo para seu desgaste emocional, apesar do estresse diário, não tinha pressa para chegar em casa, afinal ninguém a esperava, além, é claro, de suas violetas que estavam ressequidas e precisavam ser regadas (há quatro dias elas não recebiam este mimo de sua dona).

As violentas eram suas confidentes e únicas companheiras no seu apartamento finamente decorado, localizado no Itaigara, bairro nobre da cidade. Impregnada de bom gosto e bastante aconchegante, sua morada era fruto de herança familiar e, também, de suas economias. Seu salário como musicista garantia-lhe um certo conforto financeiro, não era rica, mas conseguia pagar suas despesas e ainda propiciava suas viagens de férias ao exterior, principalmente à Alemanha, onde fez seu doutorado em música clássica na Escola de Música de Dresden, e, é claro, o país onde nasceram seus compositores favoritos Sebastian Bach, Beethoven e Félix Mendelssohn. A propósito foi lá também onde Sarah conheceu seu último *affair*, Johann Ludwig, de quarenta anos, violoncelista, integrante da Orquestra Sinfônica de Berlim. Quando se conheceram num concerto na capital alemã, Ludwig foi apresentado à Sarah por um amigo em comum, depois de algumas horas de conversa, foram envolvidos por uma mútua atração física (pelo menos foi isso que Sarah intuíra na ocasião). Além da música clássica, tinham muitos gostos em comuns. Sarah o convidou para ir ao Brasil. Não acreditara que um mês depois lá estava ele, de "mala e violoncelo" desembarcando em terras tropicais. Ludwig havia conseguido uma bolsa de estudos para pesquisar a influência das composições eruditas nas canções latinas. Mas ainda não tinha escolhido o país de língua latina para aprofundar sua pesquisa, o convite de Sarah fora providencial.

O romance durou dois anos, até o dia do fatídico flagrante. O choque e a decepção custaram-lhe um mês de depressão aguda, Sarah só dormia à base de antidepressivos. Ludwig voltou à Alemanha, levando Francielle como troféu. Ele já havia concluído sua pesquisa e conseguido o que queria...

Sarah só descobriu a Síndrome de Lolita do marido após a traição. Ao remexer o armário onde ficavam suas roupas, encontrou escondido, na parte de trás, uma caixa preta envolta por uma corrente e um cadeado grande que ainda estava aberto. Dentro da sinistra caixa havia vários modelos de plugs anais, uma pomada anestesiante para áreas periféricas, uma algema de couro, um chicote e inúmeras fotos de ninfetas em poses sexuais. Mais uma infeliz descoberta para a violinista. Além da obsessão por sexo anal, seu marido gostava de práticas sadomasoquistas. Só atingia o êxtase fazendo o papel de dominador. Tentando digerir o fato para explicar a efebofilia do ex, Sarah fez várias conjecturas em voz alta:

— Talvez Ludwig prefira as ninfetas porque elas são supostamente ingênuas e imaturas sexualmente, ou pelo frescor da juventude expressa na musculatura rija e no viço da pele, e óbvio, na facilidade de dominá-las emocionalmente e intelectualmente, impondo-lhes seus desejos. Nunca desconfiei de nada, nunca conversamos sobre suas taras sexuais. Fazíamos sexo de forma convencional, para mim era satisfatório, pensei que para ele também o fosse.

Respirou fundo, uma lágrima escorreu e continuou:

— Agora está claro pra mim, como fui imbecil, meu Deus! Ele nunca foi apaixonado por mim, apenas me usou para conseguir o que queria: concluir sua pesquisa. Aqui ele tinha conforto, casa e comida de graça, além de uma forma de dar vazão às suas parafilias, uma vez que as brasileiras e principalmente as baianas têm fama no exterior de serem liberais e permissivas.

Martirizava-se por ter se deixado enganar. Sarah pensava que nunca mais iria se recompor do trauma. Planejava ter um filho, um sonho acalentado por ela desde quando se relacionara com um professor de Filosofia. Outro fiasco amoroso, não houve traição, porém, sobrava monotonia numa relação insossa. A traição de Ludwig a devassou, a dor parecia um punhal pungindo-lhe o peito.

— Que golpe sujo! Alemão desgraçado! Escroque! Que falta de respeito, meu Deus! Como pôde me enganar desse jeito?

Perguntava-se atônita.

Deprimida e sem ânimo para fazer qualquer coisa que fosse, pediu licença da ESM por uns dias, temia que o fato vazasse e todos ficassem sabendo. Pretendia se resguardar dos comentários maldosos, pelo menos nesse momento de fragilidade. Apesar de ser reservada e preservar sua vida pessoal, sob todos os aspectos, havia sempre os mexeriqueiros de plantão ávidos para destilar venenos letais. Sentia-se a pior das criaturas, nunca imaginou passar por algo tão humilhante.

Na primeira semana após a descoberta da traição, Sarah não conseguia reagir, um moletom velho na cor cinza e umas pantufas pretas com poás brancos eram sua indumentária predileta. Seu cabelo ficava o tempo todo desgrenhado, perdeu a vaidade e a vontade de viver. Não conseguia comer, vivia à base de chá de melissa, perdeu peso e o amor próprio. Apática, depressiva, só fazia chorar, qualquer coisa a remetia ao flagrante que presenciou. Martirizava-se pensando no que eles poderiam estar fazendo naquele momento, enquanto ela sofria.

Durante este período vivia enrolada num lençol, ora em sua cama, ora no sofá da sala. Mergulhava na metafísica, sorvia alucinadamente Schopenhauer e sua teoria sobre o conceito de felicidade e prazer. Segundo o filósofo, só se consegue a felicidade com a negação do desejo (da vontade) e o prazer consiste na superação momentânea da dor.

O niilismo de Schopenhauer a deixava mais confusa, mais depressiva.

Em sua mente, como um raio de consolo, veio a história de Sara, mulher de Abraão, narrativa do Antigo Testamento. Segundo o relato bíblico, Sara era estéril e permitira que seu marido se deitasse com Agar, uma criada egípcia, a fim de gerar um varão, e assim nasceu Ismael.

— Que resignação desta mulher, será que teve ciúmes, quais eram seus medos e angústias? — pensava.

Continuou a divagar e lembrou-se de outra Sara historicamente famosa, porém mais contemporânea: a atriz francesa Sara Bernhardt que foi abandonada pelo seu grande amor quando este soube que ela estava grávida.

— Segurar esta barra em pleno século XIX não deve ter sido nada fácil.

— Canalhas! Por que os homens são tão suscetíveis e covardes? Preciso superar essa dor! Se essas mulheres em épocas e culturas tão diferentes sobreviveram, eu: Sarah Valverde de Albuquerque, mulher do século XXI, tenho que me recompor! Dizem que ninguém morre do "mal de amor", não é mesmo?

Soluçando num choro sofrido... Desabafava com suas violetas, amigas de todas as horas.

— Mas pode, sim, morrer por causa da somatização das emoções ruins geradas pela decepção amorosa. E é assim que me sinto: aniquilada! Sem forças para lutar, como dói ser traída, descartada como lenço de papel. A alma fica dilacerada, vazia, saudosa... Como fui burra! Não observei os sinais, eram tão evidentes e eu os ignorei: ele nem conseguia mais fingir, fazíamos amor cada vez com menos frequência, ele nem me abraçava mais depois do sexo, virava para o outro lado inerte e alheio, não perdia mais tempo em me elogiar por tapeação, nem sequer me olhava nos olhos, sempre alegava cansaço e dificuldades nas pesquisas. Não quis ver o que era óbvio. Há quanto tempo ele me traía com aquela putinha suburbana?

    Esses questionamentos não saíam de sua cabeça. Entre uma tentativa de reagir e uma recaída, Sarah travava um diálogo interior dolorido, sabia que precisava sair daquela situação, retomar sua vida, voltar para seus alunos e ministrar suas aulas de violino.

    Depois de duas semanas ruminando angústias e sofrimentos, Sarah voltou às atividades na Escola Superior de Música. Mas, antes, resolveu procurar uma mãe de santo para saber sobre seu futuro. Pegou no armário a primeira roupa que estava ao seu alcance de visão: um vestido preto, na altura dos joelhos e que deixava um dos ombros à mostra, colocou uma sandália plataforma, prendeu os cabelos, não usou perfume, apenas desodorante, não usou joias nem bijuterias. Estava sem vontade para se arrumar.

    Eram sete horas da manhã, o dia mal tinha começado, mas dava sinais de que seria muito quente, ela nem havia se dado conta que estava de preto. Chegou pontualmente ao terreiro Ilê Axé Obá no horário marcado. Ela foi recepcionada por uma moça educada, que usava um longo vestido marrom e um punhado de colares vermelhos que desciam até a altura do umbigo. A mãe de santo, Marina de Obá, trajava-se com um longo e rodado vestido branco, xale vermelho de renda e um torço amarelo-dourado na cabeça.

    Caro leitor, a título de esclarecimento: Obá, filha de Iemanjá e Oxalá, é um Orixá ligado à água, guerreira e pouco feminina. As suas roupas são vermelhas e brancas, usa um escudo, uma espada e uma coroa de cobre. Obá é cultuada em toda África como a deusa protetora do poder feminino. O tipo psicológico dos filhos de Obá constitui o estereotipo da mulher de forte temperamento, carente, fiel e sofrida. Consciente do seu poder, que luta e reivindica os seus direitos. Ela abraça qualquer causa, mas rende-se a uma paixão e anula-se quando ama.

 Uns dez minutos depois, ela foi atendida numa sala pequena, asséptica, o ambiente era perfumado com essência de alfazema, havia algumas velas acesas em dois grandes castiçais que ficavam na entrada da porta, ao fundo da saleta ficava uma mesa com toalha de renda onde a ialorixá jogava os búzios. No centro da parede, um quadro com a figura do Orixá que dava nome ao terreiro.

 — Obá Siré! Por que você veio de preto? Isso bloqueia nossas energias. Vou precisar de muita concentração, disse a mãe de santo.

 Depois disso ela balbuciou algumas palavras incompreensíveis, parecia estar em transe, sacudiu os búzios e os jogou sobre a mesa.

 — Pois bem! Vou começar a relatar o que dizem os búzios, não me interrompa, quando eu terminar você pode fazer alguma pergunta. E prosseguiu...

 — Recentemente você sofreu uma grande desilusão amorosa, esta dor partiu seu coração e está paralisando sua vida. Mas você precisa reagir! Obá quer atitude! Você tem tudo para ser feliz e ter sucesso. A vida é feita de sofrimentos e alegrias. Posso ver aqui que tiveste perdas irreparáveis, mas conseguiu seguir em frente. Você é dotada de uma força incomum. Vai superar! Essa decepção não será o fim da linha no campo amoroso pra você. Ainda nesta existência, conhecerá alguém que irá lhe completar em todos os aspectos. Esse encontro mudará suas convicções, e finalmente sua vida amorosa terá um final feliz aqui na terra.

 — A senhora pode me dar uma pista de como será este homem?

 — Ele é de fora, não é daqui de Salvador!

— E o que mais?

— Não consigo ver muita coisa sobre ele, mas... espere aí... — depois de alguns segundos prosseguiu — Ele toca com elegância um instrumento de sopro, pode ser um saxofone.

— Quando isso vai acontecer?

— Os búzios não dizem. Espere! Tudo tem o tempo certo, não fique ansiosa. As coisas acontecem sem o nosso controle...

Sarah ficou até um pouco mais animada com o prognóstico da sua vida futura, mas no fundo era cética sobre qualquer tipo de profecia, foi o desespero que a fez procurar um terreiro de candomblé e buscar resposta para seu sofrimento. Pesquisou este local na internet. A Ialorixá era famosa na Bahia. Artistas e intelectuais sempre a consultavam. Sarah resolveu arriscar.

O retorno à Escola Superior de Música não foi nada fácil, mas o afago dos colegas de trabalho e o carinho dos seus alunos tornaram as circunstâncias mais amenas nesse seu recomeço. Uma coisa a confortava, ela sabia que o tempo se encarregaria de fechar suas feridas emocionais, nesse momento difícil, lembrava-se com frequência das sábias palavras de sua mãe: "Deus só dá o fardo que possamos suportar".

Sarah era filha única e perdera seus pais num desastre aéreo quando ainda fazia licenciatura em Música. Nessa tragédia não apenas Sarah ficou órfã, 180 pessoas perderam seus entes queridos. Foi um dos maiores acidentes aéreos do país.

— Como faz falta um colo de mãe nessas horas, como estou vulnerável indefesa, frágil, a vontade que tenho é de voltar ao útero materno e ficar lá dentro até passar a tempestade.

Quando atravessasse seu deserto, Sarah tinha certeza que sairia mais madura e fortalecida.

UM ANO DEPOIS....

E isso de fato foi acontecendo sem ela se dar conta. Cada vez mais envolvida no trabalho, os dias, os meses foram passando, um ano se passou desde o traumatizante flagra em seu apartamento. E mais um fim de semana havia chegado e Sarah estava a caminho de casa, cansada, vazia, mas sem a dor da perda, o que a atormentava agora era a corrosiva carência afetiva e sexual. Ela tira o CD e deixa o rádio ligado para ouvir o noticiário. Estava procurando o dial da sua rádio favorita quando ouviu um locutor dizer: "apaixonado secreto oferece a música 'Rosa' para sua amada Sarah".

"ROSA"

♫ "Tu és divina e graciosa
Estátua majestosa do amor
Por Deus esculturada
E formada com ardor
Da alma da mais linda flor
De mais ativo olor
Que na vida é preferida pelo beija-flor
Se Deus me fora tão clemente
Aqui nesse ambiente de luz
Formada numa tela deslumbrante e bela
Teu coração junto ao meu lanceado
Pregado e crucificado sobre a rósea cruz
Do arfante peito teu

Tu és a forma ideal
Estátua magistral oh alma perenal
Do meu primeiro amor, sublime amor
Tu és de Deus a soberana flor
Tu és de Deus a criação

Que em todo coração sepultas um amor
O riso, a fé, a dor
Em sândalos olentes cheios de sabor
Em vozes tão dolentes como um sonho em flor
És láctea estrela
És mãe da realeza
És tudo enfim que tem de belo
Em todo resplendor da santa natureza

Perdão, se ouso confessar-te
Eu hei de sempre amar-te
Oh flor meu peito não resiste
Oh meu Deus o quanto é triste
A incerteza de um amor
Que mais me faz penar em esperar
Em conduzir-te um dia
Ao pé do altar
Jurar, aos pés do onipotente
Em preces comoventes de dor
E receber a unção da tua gratidão
Depois de remir meus desejos
Em nuvens de beijos
Hei de envolver-te até meu padecer
De todo fenecer." ♪

Sarah sorri com a coincidência e analisa a circunstância com uma certa inveja:

— Tenho uma xará felizarda, adoro esta música! É belíssima!

Após ouvi-la, fez o percurso a caminho de casa envolvida em seus pensamentos. Já eram quase oito horas da noite quando ela chegou em sua residência, fazia tempo que não pegava um engarrafamento tão longo. Ao entrar cumprimentou suas violetas, pediu desculpas às plantinhas pela negligência dos últimos dias. Sarah andava meio ocupada com sua nova turma, além disso, trabalhava numa nova composição. Compor e tocar violino no aconchego do lar passou a ser sua principal diversão dos últimos meses.

    As violetas precisam ser regadas de dois em dois dias, a água nunca deve ser colocada diretamente na raiz, flores ou folhas da planta, e sim na vasilha que fica embaixo do vaso, além disso, não podem receber luz direta do sol. As violetas são flores delicadas e donas de uma beleza exuberante e sofisticada. Sarah tinha uma identificação muito forte com essa flor, talvez soubesse inconscientemente que ela na verdade detinha algumas das peculiaridades das violetas.

    Sarah era uma mulher determinada, obstinada, culta, inteligente, estava no auge da sua carreira profissional, era respeitada e admirada por todos que a conheciam. Possuía uma beleza incomum: um metro e setenta de altura, esguia, corpo bem-feito, pernas torneadas, pele morena clara, olhos verdes escuros, cabelos pretos e lisos naturalmente. O corte repicado acima dos ombros conferia-lhe um charme a mais. Vestia-se com bom gosto, explorando sua sensualidade, sempre com discrição e elegância. Adorava sandálias de salto agulha, possuía uns trinta pares no seu closet. A maquiagem era só para realçar seus belos traços, nada de exagero, sempre comedida em qualquer situação. Por onde passava atraía os olhares do sexo oposto e de outras mulheres também, afinal mulher adora medir outra fêmea de cima a baixo, para se comparar, apreciar e tecer comentários sinceros ou invejosos.

    Os homens apaixonavam-se por Sarah com facilidade, muitos já se renderam aos seus encantos. Parece que seu feromônio enlouquecia os machos racionais e atiçava seus instintos mais primitivos. Sua imagem de mulher poderosa talvez afugentasse os pretendentes, eram poucos os que ousavam se aproximar. Os inconvenientes, ela os descartava com docilidade e elegância, pois não era do seu feitio ferir os sentimentos alheios. Não que fosse difícil de apaixonar por alguém, pelo contrário, era romântica e tinha uma necessidade quase visceral de amar. Quando apaixonada, Sarah produzia melhor, vivia mais feliz, numa espécie de transe nirvânico. Para ela a paixão era o combustível imprescindível da vida. Costumava dizer que a paixão lubrificava as engrenagens da criatividade.

Estar envolvida emocionalmente era o que ela mais almejava naquele momento, mas em seu círculo social ninguém a interessava:

— Os homens interessantes já estão casados, os solteiros são gays ou fúteis, não querem compromisso.

Repetia em seus pensamentos mais secretos. E uma mulher como Sarah desejava mais que uma noite de sexo. Ela era dotada de uma beleza singular, daquelas princesas de contos de fadas, mesmo assim, fazia um ano que não se relacionava afetivamente e sexualmente com ninguém. Havia meses que estava aberta para um novo romance, mas o "príncipe" não aparecia em sua vida. Esse desejo vital de amar e ser amada a tornava frágil como as violetas.

Sarah era uma mulher vaidosa e insegura, como todo ser humano, apesar de linda, preocupava-se com o prazo de validade imposto às mulheres, ela temia as marcas implacáveis deixadas pela passagem do tempo. Ela tinha medo de envelhecer e ficar feia. Por isso era adepta dos cremes de beleza, alimentação saudável e yoga três vezes por semana. Aliás, fora a yoga que a ajudara a se reequilibrar na fase em que fora traída. A filosofia iogue mostrou-lhe o caminho para aceitar a rejeição com mais serenidade.

Ela tinha consciência de suas fraquezas, sabia que insegurança e medo são sentimentos inerentes a qualquer categoria dos mortais, independentemente de credo religioso, grau de escolaridade, cor da pele, idade, posição social, orientação sexual e situação financeira. A insegurança faz parte da natureza humana, não importa em qual estágio se encontre na escala de valores sociais, somos nivelados rasteiramente quando atingidos pela flecha do ciúme, descemos vertiginosamente ao nível da irracionalidade, agimos de forma universalmente parecida (primitivamente), em circunstâncias que nos sentimos ameaçados de perder nosso "objeto de desejo".

Ciente disso tudo, Sarah preparava-se inconsciente e conscientemente para seu grande amor, amor que ela sonhava em fazer parte de sua vida. Por isso, além de cultuar o espírito com o saber, ela também cultuava o corpo, queria prolongar sua juventude para oferecê-la a seu homem. Homem que tinha esperança de encontrar e viver com ele todas as delícias e inevitáveis dores da vida. Não queria mais perder tempo. Aprendeu com os erros passados para obter mais acertos na futura relação. Sarah estava fazendo pompoarismo para ter uma melhor performance em suas futuras relações sexuais. A propósito, de vez em quando ela se lembrava das previsões da mãe de santo.

— De que terra estrangeira virá meu "príncipe"? Só não pode ser da Alemanha! Argh! — esconjurou.

Depois de regar as violetas, preparou seu banho de espuma, ao som de Schulbert, deitou-se na banheira para relaxar. Sob as luzes das velas aromáticas de lavanda, que perfumavam e acalmavam o ambiente, acabou adormecendo.

A Escola Superior de Música ficava no Corredor da Vitória, bairro elegante de Salvador. A ESM era um ambiente requintado, tanto os alunos quanto os professores eram pessoas cultas e cordiais, todos se tratavam amistosa e respeitosamente. O prédio da escola reportava a *art nouveau*, os móveis coloniais reluziam impecavelmente sob a luz das luminárias barrocas, o charme do conservatório estava justamente na fusão de estilos. A ESM possuía um Caffé, ambiente aconchegante, onde professores, alunos e visitantes se encontravam informalmente para um bate-papo ou para saborear deliciosos capuccinos, chocolates, chás e tortas de dar água na boca. Sarah adorava aquele lugar, era seu *Café Tortoni*[2] soteropolitano (é um dos lugares que sempre visita quando viaja para Buenos Aires). Lá ela relaxava, conversava com Teresa, a proprietária do espaço, e se entregava à gula: tomava maracujá suíço e comia generosas fatias de torta alemã, sua predileta. Sarah se permitia a esta extravagância pelo menos uma vez por semana, toda sexta-feira, antes de ir para casa, esse pecado (gula) cometia religiosamente. Teresa já sabia dessa sua fraqueza e lhe reservava um pedaço caprichado. As duas tornaram-se muito próximas, ambas possuíam um carinho mútuo.

Três empregados ajudavam Teresa nos serviços do Caffé Concerto (este era o nome do estabelecimento): Natália era a caixa, Ana, a cozinheira, e Raphael, o garçom. Mas quem servia Sarah era sempre Teresa, Raphael dava apenas o apoio técnico à patroa que fazia questão de servir a amiga. Elas aproveitavam a ocasião para colocar a conversa em dia. Sarah dirigia-se ao Caffé ao término de suas aulas, nos intervalos preferia ficar em sua sala, revisando seu material de ensino teórico. Portanto, no final do dia, Teresa sempre estava presente, pois era quem fechava o caixa.

Mais uma semana havia se passado, a sexta-feira finalmente chegou, apesar de ficar a maior parte do tempo em casa, Sarah adorava o *weekend* para descansar e tocar seu projeto, estava compondo uma suíte[3] para quarteto de cordas.

O Caffé ficava nos fundos da escola no ponto mais alto da parte externa. Do local, tinha-se uma vista maravilhosa da Baía de Todos-os-Santos. Mais um motivo para Sarah adorar aquele espaço. Sentou-se à mesa, próxima à grade de proteção,

---

[2] O Café Tortoni, localizado no 825 da Avenida de Maio, na cidade de Buenos Aires, é o mais representativo do espírito tradicional dessa avenida e uma lenda da cidade.
[3] Suíte é o conjunto de peças instrumentais dispostas a formar um conjunto para serem tocadas sem interrupções. Com o passar dos séculos, a suíte passou a significar uma seleção orquestral de uma obra maior. Além disso, vários compositores utilizam o nome pra designar apenas uma coleção de peças relacionadas tematicamente, às vezes usadas como música incidental, como é o caso da suíte Peer Gynt, de Edvard Grieg.

colocou sua pasta e sua bolsa em outra cadeira, antes mesmo de sentir falta de Teresa, Jorge, o marido, se aproximou.

— Boa tarde, Sarah! O que deseja hoje, minha amiga?
— Jorge, você por aqui? Cadê a Teresa?
— Foi ao médico e ainda não chegou.
— Ela está bem? O que houve?
— Nada de mais, é a menopausa.
— Ah, claro, nós havíamos conversado a respeito.
— Pena que não vou poder esperá-la, estou com um pouco de pressa, vou ao jantar de aniversário do diretor Amadeu. Hoje só quero um cafezinho preto.
— Ok! "Dona moça", é pra já... Raphael sirva a professora Sarah, por favor! Com licença, querida.
— Obrigada, Jorge! Dê um beijo em Teresa por mim.
— Com certeza será dado, tchau!

Raphael se aproxima da mesa com o bloco de notas em mãos para tirar o pedido.

— Pois não, professora? O que vai querer?
— Ah, um cafezinho expresso, por favor!
— Algo mais?
— Não, obrigada!

Enquanto respondia a Raphael, Sarah continuou a ajeitar seu material sobre a cadeira e mal olhava para o rapaz. Não por ser esnobe, mas por hábito. Dificilmente olhamos no olho das pessoas que nos servem ou que prestam serviços subalternos em lugares públicos, tornamo-nos mecânicos e elas se tornam invisíveis pra nós. E Sarah não fugia à regra dessa automação do mundo da impessoalidade.

Tomou seu cafezinho e saiu, por conta da pressa acabou esquecendo seu material didático em cima da cadeira. Ao observar que ela havia esquecido sua pasta, Raphael tirou o avental e o gorro e correu até o estacionamento. Sarah estava de costas acionando o alarme do carro, quando ouviu alguém lhe chamar.

— Dona Sarah!

Virou-se e ficou surpresa com o moço sem uniforme. Pela primeira vez Sarah percebeu Raphael. Seus músculos definidos na camiseta branca apertada, seu porte atlético, cabelos lisos pretos bem cortados, olhos expressivos. Por um segundo, ficou hipnotizada com aquela visão. Ele aproveitou o momento para lhe olhar direto e profundamente nos olhos. Sarah se sentiu estranhamente perturbada, eles se fitaram por alguns segundos, foi quando ela quebrou o clima respondendo.

— Sim!

— A senhora esqueceu no Caffé.

— Ah, que cabeça a minha, obrigada, tenha uma boa noite!

Tomado pela mesma emoção, Raphael respondeu:

— Pode apostar que sim!

Sarah meneou suavemente a cabeça, em forma de agradecimento e entrou no carro.

Sarah marcou presença no jantar, mas não ficou muito tempo, alegou uma leve indisposição e saiu mais cedo.

Em casa, veio em mente a cena do estacionamento da ESM, só de lembrar sentiu um arrepio gostoso que não experimentava fazia tempo.

— Como ele é bonito, porque nunca havia reparado nele? Será que tem namorada, é casado? Meu Deus! O que está acontecendo comigo? Que absurdo como estou carente, estou mexida pelo garçom do Caffé? Um garoto. Era só o que me faltava nessa altura do campeonato.

Tentou desviar o pensamento. Deitou-se e adormeceu.

CAPÍTULO II

O GARÇOM

Raphael era um moço do interior: bonito, atraente e de poucas palavras. Havia seis meses que estava morando na capital. Filho de lavradores foi para cidade grande com uma meta: ser saxofonista profissional. Por alguns anos, integrou o coral da igreja Espírito de Luz que sua família frequentava. O gosto pelo instrumento e pelo *Blues* veio da convivência com o reverendo norte-americano Peter Lohan, comandante do templo local. Com o reverendo ele aprendeu as primeiras escalas no saxofone, um pouco da história do *Blues*[4] e o gosto pela literatura desse gênero musical vigoroso, carregado de sofrimento e espiritualidade. Raphael trabalhava com os pais na lavoura, como era escolarizado vendia as hortaliças a grandes supermercados da região, conseguindo, assim, preços justos.

Com suas economias comprou seu primeiro sax e partiu para a cidade grande em busca de seu sonho. Inteligente e ambicioso, teve a ideia de se infiltrar na Escola Superior de Música, passaporte para a sua posterior profissionalização. Não tinha dinheiro, mas não lhe faltava ousadia e perseverança. Não hesitou em aceitar o emprego de garçom no Caffé da Escola, quando viu o anúncio no jornal.

---

[4] O Blues nasceu como a voz dos escravos dos campos de algodão do sul dos Estados Unidos. Eles cantavam durante os trabalhos nas plantações para aliviar a dureza do trabalho. Enquanto os negros soltavam suas emoções, os brancos viam o lado prático da coisa. Para os fazendeiros, as *work-songs* deixavam os escravos mais alegres.

Logo de cara, Teresa sentiu uma enorme empatia por ele, dando-lhe o emprego. Raphael Santana tinha vinte e cinco anos, segundo grau completo e um fascínio por boa música. Era inteligente e dedicado, todos os dias, quando voltava para a pensão onde morava, localizada no centro da cidade, ouvia o rádio e tocava sax. Atencioso com os fregueses do Caffé, conquistou a simpatia de todos os frequentadores, principalmente a das alunas. Mas quem mexeu mesmo com o seu coração foi a professora Sarah, desde que a viu pela primeira vez, há seis meses, quando chegou a Salvador.

Ela usava um vestido vermelho na tonalidade *bloody mary*, tecido leve — esvoaçante e sandálias pretas de salto alto. Andava como se estivesse em câmara lenta. Naquela noite Raphael sentiu algo perturbador, mal conseguiu dormi, a imagem de Sarah ficou plasmada em sua memória. Só conseguia pensar na violinista:

— Que mulher linda!

Repetia isso para si, dezenas de vezes. Ele sabia que a professora era muita "farinha para seu pirão". Pelo menos, era isto que pensava naquele momento.

— Talvez seja casada ou tenha um namorado, com certeza uma mulher daquela não deve estar disponível, mas que bobagem! O que estou pensando, não tenho a menor chance com ela...

Sentenciou-se. Entre tantos pensamentos e desejos inalcançáveis foi combatido pelo cansaço e dormiu.

Raphael era menos tosco do que parecia, não tinha formação superior, mas era detentor de uma considerável bagagem cultural, levando em consideração o lugar de onde veio. O reverendo Peter era seu mentor religioso e intelectual, os dois passavam horas conversando sobre os mais variados assuntos. Com o reverendo aprendeu, além dos conceitos de ética e moral, inglês e um pouco da cultura norte-americana.

Tinha acesso à Literatura Brasileira e Universal, além de revistas, sobretudo as especializadas em música clássica e MPB. Foi por meio delas que Raphael tomou conhecimento da obra de Pixinguinha[5], o poeta maior da Música Popular Brasileira.

O encontro no estacionamento encheu o coração de Raphael de esperança, pela primeira vez, durante os seis meses que trabalhava no Caffé, ela o reparara. Ambos sentiram uma misteriosa energia que os envolvera. Naquele momento, os destinos dos nossos protagonistas haviam se fundido. Raphael já tinha esta certeza, foi a noite mais feliz que tivera desde que chegara à cidade grande.

No dia seguinte ao encontro fortuito com Raphael no estacionamento, Sarah foi ao Caffé logo cedo, antes do início da sua primeira aula, comportamento pouco habitual de sua parte, pois costumava ir sempre ao final da tarde, depois da última aula. Estranhamente, sentiu-se compelida a ir àquele local, inconscientemente o motivo era Raphael, mas conscientemente não admitia para si, pois tinha noção do abismo que havia entre eles. Sarah estava insegura e cheia de preconceitos. No plano consciente não admitia o garçom como seu novo amor, talvez por ele ser mais jovem e desprovido de formação superior. Na sua análise superficial e arrogante eram tecnicamente incompatíveis. Assim que ela chegou, Teresa foi atendê-la.

— Minha querida que novidade você por aqui logo cedo?

— Pois é minha amiga, estou precisando de um café forte para acordar. Como foi ontem no médico?

— Ah, tudo certo, são os sintomas da menopausa, ando meio deprimida, estou me sentindo feia, não desperto mais desejo no Jorge, acho que ele tem outra, não me procura mais...

— O que é isso mulher, não se abata, ânimo! É uma suposição sua, você não tem certeza, às vezes damos muito ouvido

---

[5] Considerado um dos maiores gênios da música popular brasileira e mundial, Pixinguinha revolucionou a maneira de se fazer música no Brasil sob vários aspectos. Como compositor, arranjador e instrumentista, sua atuação foi decisiva na MPB.

à depressão e ficamos confusas. Vemos fantasmas onde não existe nada de concreto. O amor de vocês é verdadeiro. Como diz a escritora Letícia Thompson: "O amor não morre. Ele se cansa muitas vezes. Ele se refugia em algum recanto da alma tentando se esconder do tédio que mata os relacionamentos". Então, comece a quebrar a rotina e cuide-se. A propósito: já começou a reposição hormonal fitoterápica?

— Sim, comecei hoje mesmo, quando eu for a Paris, vou procurar um especialista conhecido de Sucila, o mesmo que tratou a sogra dela.

— Com o tratamento vai se sentir melhor, rejuvenescida. Pode apostar! Você precisa levantar esta autoestima, que tal "fazer a terapia das compras"?

Nada melhor para a depressão do que ir ao shopping se presentear com perfumes, *lingeries* e sapatos. Costumo fazer isso. Sabia que saltos-agulha são grandes fetiches masculinos? O Jorge vai adorar vê-la no salto! Reconquiste-o boba! Vá num sex shop, compre bolas tailandesas e pratique o pompoarismo. Jorge vai enlouquecer!

Teresa sorriu e prometeu seguir o conselho da amiga.

— Vejo que você está assim... Mais animadinha, aconteceu alguma coisa ontem no aniversário do diretor?

— Que nada, fui cedo pra casa, estava sem paciência para aquelas formalidades. Vou te confessar uma coisa. Ando tão carente, sinto falta de um homem, quero novamente ser tocada, acariciada, estou necessitada de sexo, sabe?

— Compreendo sua solidão amiga. Nós mulheres temos mesmo essa necessidade vital de ser tocada. Outro dia estava lendo uma matéria sobre a carícia, o sexo e o abraço, segundo o texto eles curam várias enfermidades, há uma troca de energia muito forte nesses atos. As pessoas deveriam pelo menos se abraçar mais, trocar mais afeto umas com as outras. Sabe aquela famosa teoria da corrente de amor universal?

— Você tem razão, Teresa, as coisas no universo não estão desconectadas, todas as ações se interligam e se interagem de alguma forma. Quando doamos amor verdadeiro, transformamos uma marola num tsunami de bem-estar. Nossas atitudes geram harmonia ou caos. Paz ou desassossego. Somos responsáveis por tudo de bom ou tudo de ruim que nos acontece, é a Lei do Retorno agindo incessantemente a todo instante. Colhemos o que plantamos! Deveríamos selecionar as sementes antes de plantá-las, não é mesmo? Tudo isso pode soar piegas aos incrédulos, ou parecer frases prontas de almanaque ou livros de autoajuda, mas é a lei da vida, tão real quanto o ar que respiramos.

— Falou a filósofa!

Risos...

— É isso aí amiga, mas não se preocupe, sinto que sua fase de solidão está chegando ao fim. Você já beijou muito sapo. Seu príncipe está a caminho, pode apostar! Além do mais, você é linda e poderosa, não entendo como uma mulher do seu calibre ainda esteja só.

Sarah sorriu com a profecia e os elogios da amiga. Ambas já tinham melhorado o astral uma da outra. O movimento no Caffé ainda estava fraco, Sarah aproveitou a oportunidade e, do tipo "como quem não quer nada", perguntou sobre Raphael, pois havia uns dez minutos que estava ali e ainda não o tinha visto.

— Cadê o garçom?

— Você está falando do Raphael, eu suponho?

— Ah, este é seu nome? Não sabia! Tô perguntando porque achei estranho..., você sozinha atendendo as mesas.

— É que ele me pediu para chegar mais tarde hoje, vai se inscrever no processo seletivo daqui da Escola de Música. Raphael é um rapaz muito especial, ele é diferente, sabe, Sarah?

É cativante, tem uma luz interior muito brilhante... Não é à toa que a mulherada vive dando em cima dele.

— É mesmo, nunca notei...

Sarah disse isso com um ar displicentemente enciumado e ao mesmo tempo estava curiosa para saber mais sobre a vida dele.

— Ele é muito reservado, mas no dia da entrevista para o emprego pude saber algumas coisas a seu respeito, como por exemplo: veio do interior do estado, uma pequena comunidade da cidade da Chapada Diamantina, chamada Rio de Contas. Seus pais são lavradores, a família toda é religiosa. Ele tem vinte e cinco anos, toca saxofone, gosta de música refinada e tem uma cultura acima da média.

— Sério? Quem diria, hein? Nunca pude imaginar.

Disse Sarah com ar de deslumbramento e surpresa.

— Nem eu. Percebo que ele é muito focado, sabe o que quer, além de lindo, óbvio. Raphael é um partidão! Se eu fosse solteira e mais jovem, investia nesse rapaz.

Disse Teresa com um ar cheio de "sapequice"...

— Queria ver o Jorge ouvindo você falar assim.

As duas caíram na gargalhada. Sarah olhou o relógio, faltavam cinco minutos para as oito, estava na hora de ministrar sua primeira aula do dia, despediu-se de Teresa e saiu com um "sorriso de Monalisa". Ainda não tinha consciência do motivo de sua felicidade.

À noite, quando entrou em seu prédio, o porteiro entregou-lhe uma dúzia de rosas vermelhas.

— É seu aniversário, dona Sarah?

— Não, Geraldo!

Sarah disse isso sorrindo, com a pergunta meio indiscreta do porteiro bisbilhoteiro e prestativo.

— Então é um apaixonado secreto?

— Ok, Geraldooo... Obrigada e boa noite!

Sarah achava engraçado a intimidade de Geraldo, ela o conhecia há muito tempo e tinha uma grande estima por ele. Entrou no elevador com um leve sorriso nos lábios, pediu seu andar e deu um suspiro, estava curiosa para ler o cartão. Assim que abriu a porta do apartamento, colocou as flores em cima da mesa, e foi encher um vaso com água, arrumou-as no jarro e sentou-se no sofá para ler o cartão. "Meu amor, és a mais bela de todas as rosas. Sintonize na MP4 FM às 19h de hoje". Surpresa e curiosa, ela olhou o relógio de pulso e percebeu que faltavam cinco minutos. Foi até seu quarto e ligou o rádio na tal emissora, na hora exata ouviu o locutor repetir a mesma frase que havia escutado há duas semanas: "apaixonado secreto oferece a música 'Rosa' para a sua amada Sarah".

— Meu Deus! Então a Sarah sou eu? Quem faria uma loucura dessas? Será que é um dos meus alunos, ou será um dos professores da Escola de Música? Que despropósito! Se for uma "pegadinha"? Que brincadeira de mau gosto.

Sarah ficou perplexa, pensou em jogar as flores no lixo, mas ficou com pena de desperdiçar tanta beleza.

— Pelo menos este babaca tem refinamento...

Deu de ombros e preparou-se para descansar.

Diante da janela do quarto da pensão, localizada no centro da cidade, descalço e apenas de calça jeans, Raphael olhava as estrelas e pensava na reação da sua amada ao receber as rosas e ouvir a música.

— Será que vai achar brega? — pensou.

Com o sax na mão, contemplando as constelações no céu, Raphael tocou "Rosa" em homenagem a seu amor. É interrompido com a batida na porta, era a dona da pensão avisando que tinha telefone para ele. Dona Joana era uma velhota gorda, bonachona e guardava uma certa afeição por Raphael, tanto que ela nem reclamava do barulho que ele fazia todas as noites.

Ele agradeceu e foi atender na sala onde ficava o aparelho. Do outro lado da linha eram seus pais, queriam saber como foi a inscrição e quando seria o exame da escola. Raphael estava muito feliz com o telefonema, pois amava muito sua família, sem sombra de dúvida, era o alicerce da sua vida.

— O exame será em dois meses, venho me preparando desde que cheguei aqui, tenho todo o programa da prova escrita e, quanto ao teste de habilidade, treino todos os dias, ou melhor, todas as noites, com fé em Deus vai dar tudo certo. O sacrifício de vocês não será em vão, meu pai!

— Confiamos em você, meu filho! Deus o abençoe! Vou passar para sua mãe, seus irmãos e o reverendo Peter também estão aqui e querem falar com você.

Raphael falou com todos e matou as saudades, há quatro semanas não falava com seus familiares e com o reverendo, seu amigo e confidente.

Na cama Raphael planejava como se declarar para Sarah pessoalmente. Ele primeiro queria ingressar na escola de música, precisava ficar mais próximo do nível cultural da amada.

— Enquanto eu for um simples garçom, ela nunca terá olhos pra mim.

E com este pensamento adormeceu...

CAPÍTULO III

A DECLARAÇÃO

Inverno quente de junho na Bahia, dois meses se passaram sem que acontecimentos importantes pautassem a vida de nossos personagens. No dia seguinte ao fato, ninguém assumira a autoria da suposta brincadeira, Sarah também fingira que nada acontecera. E, assim, os dias se sucederam rotineiramente para ambos. Sarah ministrava suas aulas e estava finalizando sua suíte que seria executada no concerto do centenário da Escola, no próximo mês. Quando ia ao Caffé, olhava discretamente para Raphael, sem que ele percebesse. Já era fato inegável, até para si mesma: estava atraída pelo garçom, mas relutava contra aquele sentimento, não só por causa das diferenças que racionalmente postulava para si mesma, mas, sobretudo, porque não queria sofrer decepções. Raphael era muito cobiçado, podia levar qualquer mulher para cama, se assim quisesse. Sarah queria exclusividade, fidelidade, não suportava a ideia de ser traída novamente.

Por outro lado, Raphael estava frustrado, pois Sarah nem desconfiara que havia sido ele quem lhe dedicara a música e enviara as flores. Quando ela aparecia no Caffé, o mundo ao seu redor deixava de existir, só tinha olhos para ela, mas Sarah fingia ignorá-lo. Contudo, algo invisível e forte certificava-o que ela era a mulher da sua vida, portanto, não ia desistir desse amor. Esperava o momento oportuno para se declarar.

O destino se encarregou de colocar Sarah diante de Raphael, desta vez de forma decisiva. A prova escrita para ingressar na Escola Superior de Música fora feita há algumas semanas, só restava o teste de habilidade específica. O grande dia finalmente havia chegado. A banca examinadora era composta por cinco professores altamente gabaritados da Escola, todos os escolhidos eram homens com exceção de Sarah. Os candidatos foram chamados ao conservatório um a um para fazer o teste. Examinados e examinadores se confrontavam somente no momento da avaliação, para evitar uma possível fraude ou envolvimento emocional.

Raphael foi chamado à sala, sendo o último a se apresentar, Sarah levou um susto e levantou a cabeça para se certificar que ouvira o nome correto. Ambos ficaram surpresos com a presença um do outro, seus batimentos cardíacos descompassaram assim que se fitaram. Apesar do nervosismo, Raphael se sentiu feliz e motivado, era sua chance dupla: ingressar na ESM e declarar-se para ela.

A música executada por ele, sem sombra de dúvida, fora "Rosa", de Pixinguinha, ensaiada à exaustão noites a fio.

— É obra do destino, sob a batuta de Deus. Este é meu momento, não posso desperdiçá-lo — pensou ele.

A virtuose de Raphael deixou a banca embevecida e comovida. Recebeu nota máxima de todos.

Durante a apresentação a magia pairou naquele ambiente. Sarah ficou surpreendida ao perceber que ele era o apaixonado secreto. Estava aturdida, porém muito feliz. Seu peito parecia que ia explodir de contentamento, seus olhos ficaram marejados, estava visivelmente emocionada. Ela sentia arrepios com o olhar penetrante de Raphael, que a fitava diretamente. Naquele momento parecia que só existiam duas pessoas naquela sala. A comunicação entre ambos era estabelecida pela música, tudo foi declarado e silenciosamente compreendido. Pactos de amor foram telepaticamente selados na mudez de duas almas apaixonadas. O sentimento que existia entre ambos era mais forte do que eles imaginavam. Raphael era o homem que Sarah inconscientemente esperava e Sarah era a mulher que Raphael buscava, pois só havia se relacionado com moças imaturas e sem conteúdo.

Quando o saxofone de Raphael se calou, Sarah voltou ao mundo real e se deu conta de onde estava e qual era seu papel naquele momento, anotou atônita sua nota no formulário de avaliação, pediu licença a todos e saiu apressada... e perplexa. Não sabia lidar com aquela situação, estava confusa, precisava ficar sozinha e colocar seus sentimentos em ordem. Foi direto para o estacionamento.

Raphael recebeu os cumprimentos dos professores. Estava em estado de graça. Pelos elogios e o comportamento dos examinadores, pôde inferir que havia conquistado uma vaga na ESM. Por outro lado, estava ansioso para falar com Sarah. Percebeu que ela também o queria, mas ele temia que, por alguma razão, ela o rejeitasse. Precisava sair daquele lugar e ir atrás dela. Ainda com o sax na mão, dirigiu-se ao estacionamento. Antes que ela entrasse no carro, conseguiu interceptá-la.

— Professora Sarah! Eu queria...

— Por favor, Raphael, agora não, estou confusa...

— Deixe-me explicar...

Sarah o interrompeu mais uma vez:

— Eu... preciso organizar meus pensamentos, não esperava tudo isso...

Ele a segurou pelo braço delicadamente e a fitou por alguns segundos, ao perceber sua perplexidade, soltou-a sem dizer-lhe uma palavra. Ela entrou no carro e deixou o estacionamento.

Dentro de meia hora, Raphael assumiria seu posto no Caffé, sua manhã de folga foi por conta do teste. Era fim de semestre, como de praxe haveria recesso na escola, Teresa precisava dele para colocar a casa em ordem, pois os empregados sairiam de férias coletivas ainda naquela tarde. Mas, apesar da urgência da patroa, ele precisava daqueles poucos instantes para se recompor das fortes emoções, antes de voltar para sua realidade. Começava a achar que Sarah era um sonho inalcançável, temia ter metido os "pés pelas mãos". O medo tomou conta dos seus pensamentos e do seu coração. Olhando o carro de Sarah sumir na plantação de eucalipto, que circundava a área da Escola, seus pensamentos foram interrompidos por uma mão em seu ombro. Virou-se e teve a doce surpresa.

— Reverendo Peter!

— Não disse que viria? Só acho que cheguei atrasado.

Eles se abraçaram calorosamente como bons e velhos amigos.

— Foi Deus que enviou o senhor, estou precisando dos seus conselhos e orientações.

— Algum problema no teste?

— Não, pelo contrário, sinto que consegui a vaga, o resultado sai daqui a uma semana, mas não é este o problema. Onde estás hospedado?

— Naquele albergue que costumo ficar lá no Pelourinho.

— Ah! É claro. Quantos dias irá ficar?

— Até o fim do Simpósio Ecumênico. Quatro dias suponho. Vim até aqui para dar-lhe meu apoio. Sabia que ia precisar de um amigo num momento tão importante da sua vida, uma vez que seus familiares não puderam estar presentes.

— Como é bom ter amigos! — falou Raphael meio emocionado.

— Reverendo, começo a trabalhar em alguns minutos, agora não posso dar-lhe a atenção que o senhor merece, assim que sair daqui passo no albergue para podermos conversar com mais tranquilidade.

— Combinado! Meu celular descarregou, não tinha como avisar-lhe que já estava a caminho.

— Você não gravou meu celular na memória, não foi? Então ficou refém da tecnologia, hein reverendo? — brincou Raphael.

O reverendo sorriu e meneou a cabeça afirmativamente.

— Que bom vê-lo em carne e osso, ou melhor, músculos, está cada vez mais forte, com excelente forma, está se cuidando pra alguém? — Perguntou Raphael em tom de brincadeira.

— Sabes que não. Meu grande amor é a Susan e sempre será, acredito em amor eterno e o meu está esperando por mim do outro lado das estrelas.

— Fiquei interessado no assunto, podemos retomá-lo mais tarde?

— Óbvio! será um prazer falar sobre a Susan, é isto o que me mantém fortalecido, a certeza de encontrá-la em breve. A vida na terra é só um capítulo de uma história, um suspiro...

CAPÍTULO IV

O REVERENDO

O reverendo Peter era um homem culto, alegre e excelente saxofonista. Aos quarenta e cinco anos, estava em plena forma física, era o grande artilheiro dos jogos de futebol da comunidade. A ligação com a família Santana se dera há duas décadas, quando chegara ao Brasil para fundar sua igreja espiritualista/ ecumênica e trabalhar com a população de baixa renda. Foi ele quem praticamente alfabetizou Raphael e seus três irmãos mais novos (Pedro, 18 anos, Joaquim, 16 e Mariana, 13).

Recém-casado, sofrera um golpe do destino, perdera sua jovem esposa Susan, à época com dezoito anos, para um aneurisma cerebral. Essa tragédia pessoal aconteceu em sua vida quando ele tinha apenas 20 anos, desde então se manteve fiel ao seu grande amor. Sempre dizia a Raphael que iria reencontrá-la em outra vida. Peter tinha uma mente aberta para a espiritualidade. Compreendia a religião de forma holística. Se sentia à vontade com o forte sincretismo religioso existente na Bahia. Estudou Filosofia e Teologia. Era habilidoso em aprender línguas, gostava de pesquisar sobre culturas híbridas, por isso era um ávido leitor do teórico cultural jamaicano Stuart Hall.

A morte prematura de Susan o fez mergulhar nos estudos. Depois de concluir seus cursos, escolhera o Brasil e, em especial, uma pequena comunidade rural na Bahia para evangelizar, pois queria converter sua dor em caridade. O reverendo era um homem interessante: alto, rosto marcante, lábios finos, olhos azuis e corpo atlético, músculos forjados na labuta diária, pois era homem de meter a mão na massa junto ao povo. Pegava pesado nos mutirões que realizava constantemente para construir casas populares na sua comunidade. Seu forte sotaque não atrapalhava o diálogo com os nativos. Era um verdadeiro líder, admirado e amado por todos. E Raphael o tinha como seu melhor amigo e mentor.

O gesto ousado, e até certo ponto ingênuo, de Raphael quebrou os protocolos de Sarah, não podia mais negar para si mesma que estava virtualmente apaixonada por ele, agora o via sem rótulos, sem a distância abissal que postulara para esse possível romance. Ela o queria e o desejava muito, mas agora existia um empecilho real. Como poderia se relacionar com um futuro aluno da ESM? Esta seria uma postura antiética, ia de encontro às normas rígidas da instituição. Um sino carregado de fortes emoções tocava dentro dela, estava perplexa, atônita, de uma coisa tinha certeza, queria viver esta paixão, esgotá-la até a última gota. Ela estava ardendo de desejo, como a personagem anônima do poema "Desejo de Mulher", da coletânea de poemas *Além da Terra, Além do Mar*.

Do altar por você eu desço

Rasgo o manto

Arrebento o terço

Conversão de dogmas (laica mutação...)

Rasgo o véu que encobre a santa

Despida e dissoluta

Sagro-me puta

Invoco Lilith: lasciva, maldita [...] (ARAÚJO, 2019, p. 375).

Raphael voltou ao Caffé, ajudou Teresa com a arrumação e o fechamento do caixa. Tudo transcorreu bem. Dali ele foi se encontrar com Peter. Teresa aproveitou o fim da tarde livre para ir ao shopping mais badalado da cidade. Pensou na conversa que teve com Sara, há dois meses, e resolveu seguir o conselho da amiga. Comprou *lingerie* e sapatos novos. Tomou um delicioso *petit gateau* e se permitiu fazer um programa sozinha: comprou um bilhete e foi ao cinema assistir a uma sessão cult em homenagem ao Clint Weastwood, o filme em cartaz era o romântico *As Pontes de Madison*. Já era noite quando chegou em casa. Jorge ainda não havia chegado. Toda segunda, ele participava do encontro de flautistas veteranos da ESM. A amizade do Jorge com o antigo mestre e diretor da ESM facilitou os trâmites para abrir o Caffé no local.

Teresa não se incomodava com a associação do marido ao clube dos flautistas, achava bom que ele tivesse um tempo só com os amigos, isto arejava a relação. Um casamento torna-se longevo quando cada um respeita a individualidade do outro — pensava ela.

Excepcionalmente naquela segunda, aproveitou a ausência dele e sua disposição para turbinar seu casamento e tratou de providenciar um jantarzinho romântico para os dois. Colocou um vinho para gelar e arrumou a mesa como há tempos não fazia. Tomou um banho relaxante, perfumou-se no capricho e colocou uma nova *lingerie*. Estava pronta para reconquistar o marido, ou pelo menos incitar-lhe os desejos.

Quando Jorge chegou, por volta das oito da noite, Teresa estava "pronta para matar", ou melhor, seduzi-lo. Estava deslumbrante e atraente. A amiga de Sarah tinha 54 anos, mas era uma mulher jovial e vaidosa. Jorge também se cuidava, estava com quase 60 anos, mas aparentava bem menos, costumava fazer exercícios físicos regularmente. Ambos cuidavam da alimentação e da forma física. Estavam casados há trinta anos, tinham uma filha de 28, que morava na França, a Sucila.

Sucila era casada com Jacques, um alto executivo da *L'acroix Cosmetic*. Eles se conheceram quando ela estudava moda na capital francesa. Alguns meses depois do primeiro encontro, ela engravidara. Apaixonados, queriam oficializar o mais rápido possível a união. Foi um casamento dos sonhos, pomposo e badalado nas colunas sociais da França. Teresa sempre fica emocionada quando se lembra da cerimônia. O enlace matrimonial acontecera no Castelo de Chantilly[6], lugar escolhido pelos famosos ou endinheirados, ou ambos os *status*, como era o caso de Jacques Lacroix. Teresa se orgulhava de a filha ter feito um bom casamento. Todos os anos, os pais visitavam Sucila e a neta Amélie, que já estava com 5 aninhos. As malas dos avós já estavam prontas para curtir mais um verão parisiense.

Mas, antes de partir, Teresa tinha uma missão a cumprir: despertar novamente o interesse do marido por ela. Esta noite ela precisava descobrir o que realmente estava acontecendo com o Jorge. O que estava atravancando seu casamento, precisava tirar esta pedra do seu caminho, o quanto antes. Pois esse entrave atrapalhava sua autoestima e seu relacionamento, até então alicerçado em respeito mútuo, amor e companheirismo. Apesar de algumas pequenas desavenças, era muito feliz no casamento.

Ao chegar em casa, Jorge se surpreendeu com a sofisticação da mesa. Assim que entrou foi recepcionado por Teresa que lhe trazia uma taça de vinho francês, presente da filha. Não era um *Romannée-Conti*, mas era um rótulo da casta *cabernet sauvignon* de uma safra especial e a ocasião pedia este requinte, afinal ela e o Jorge mereciam este mimo. Havia tempos que eles não tinham uma noite especial, a rotina se instalou silenciosa e sorrateiramente na vida do casal, diminuindo, cada vez mais, o romance e o sexo entre eles.

---

[6] O Castelo (Château) de Chantilly é um palácio localizado em Chantilly, Oise, no Norte da França, no vale do rio Nonette, afluente do rio Oise.

— Ora, ora! Eu esqueci alguma data importante, minha rainha?

— Não, meu amor. Este jantar é um novo marco no nosso casamento. Amanhã vamos novamente à Paris e não quero que seja como das últimas vezes. Desta vez quero que seja nossa segunda lua de mel — sentenciou.

— Teka, você está me assustando com este tom intimatório!

Era assim que ele carinhosamente a chamava.

Jorge estava meio sem graça e Teresa percebeu o desconforto do marido. Neste momento ela teve a certeza que estava acontecendo alguma coisa com o marido. Inteligentemente cortou a conversa.

— Vamos deixar este assunto pra depois do jantar. Fiz seu prato predileto: *Coq Au Vin*[7]. Já preparei um banho relaxante para você. Vá, estou aqui te esperando ansiosa. Ela disse isto com um ar de malícia e sensualidade.

Teresa estava inspirada: quando Jorge chegou à suíte do casal, deparou-se com um perfumado banho de espuma, toalhas novas e cheirosas. Sua roupa estava separada e sua loção pós-banho também. Na cama lençóis de seda e difusor aromático de canela (estimula os desejos sexuais) para perfumar o ambiente. Tudo estava perfeito para uma noite de amor.

Jorge havia percebido a intenção de Teresa. Estava meio zonzo.

— E agora? Como vou falar com ela? Não tenho coragem! Nunca mais ela havia me feito esse mino. Senti falta desse aconchego e carinho de mulher...

Teresa e Jorge são aposentados pelo Banco Federal, eles se conheceram nesta instituição. À época, Jorge gerenciava a agência bancária central, à noite estudava na Escola

---

[7] Pronuncia-se "cocovan" — frango ao vinho.

Superior de Música. Especializou-se em flauta transversal e chegou a integrar a Orquestra Sinfônica Estadual depois de formado. Teresa graduou-se como assistente social, mas nunca exerceu a profissão, o nível superior era apenas para lhe assegurar melhores ganhos financeiros sobre os abonos salariais. Ela adorava ser bancária, trabalhar com o público a deixava realizada. Ambos tinham uma boa renda.

Quando conhecera Jorge, Teresa era noiva, mas não era apaixonada pelo rapaz. A convivência diária com o colega de trabalho (Jorge) brotara nela algo muito intenso. Ambos estavam na mesma sintonia. Teresa rompera o noivado e se entregara ao seu grande amor. Dois anos depois se casaram. A única filha do casal nascera 24 meses depois.

De volta ao jantar...

Quando Jorge chegou à sala, Teresa o aguardava no sofá com uma taça de vinho, estava insinuante. Jorge não podia negar, apesar de todos esses anos, sua mulher era muito bonita. Ele se aproximou dela e disse:

— Estava com saudade de tudo isso...

— Eu também. Agora vamos jantar, a mesa já está posta!

Durante o jantar conversaram sobre trivialidades, sorriram e saborearam o delicioso prato. Comeram a sobremesa: um delicioso bolo branco com cobertura de chocolate branco e recheio de leite condensado com coco (parecia um bolo de noiva). Jorge ajudou a mulher a tirar a mesa e lavar a louça. Depois foram para a sala tomar licor de amarula para fazer a digestão, contreau seria mais apropriado, mas o de amarula era o preferido do casal. Já sentados no sofá, Teresa disparou sem rodeios.

— Jorge o que está acontecendo? Há meses que você não me procura, você tem outra mulher?

Jorge quase se engasga com o gole de licor que acabara de sorver. Os homens não estão preparados para confrontos verbais com o sexo oposto, sempre se atropelam. O homem precisa de alguns segundos para formular respostas quando são bombardeados frontalmente, como é o caso do nosso flautista.

— Não, nunca... Como você pode pensar uma coisa dessas... Eu sei que não tenho sido um bom marido, pelo menos do jeito que você merece, mas eu te amo Teka! Sempre te amei, você é a mulher que eu escolhi pra viver comigo pelo resto da minha vida. Nunca te traí, você é linda! Eu sou muito feliz com você. Nenhuma mulher do mundo seria capaz de me completar como você me completa. Não sou bom com as palavras, mas meus sentimentos são verdadeiros.

— Então, meu amor, por que você anda tão distante? Além dos problemas da menopausa, eu estou me sentindo rejeitada, eu tenho sofrido muito com tudo isso.

— Eu lamento! Tudo que eu não quero neste mundo é te fazer sofrer. Por isso...

— Por isso, o quê?

— Eu pensei em te deixar, sim, mas não por causa de outra mulher ou falta de amor. Não sei como te dizer isso, eu tenho vergonha...

— Vergonha de quê? Agora é você que está me assustando! Fala o que está acontecendo, seja o que for estou preparada para ouvir.

— Não me pressiona assim, é difícil para um homem.

O silêncio pesou por um instante sobre eles. Jorge engoliu a seco, deixou o cálice de licor na mesa de centro de vidro que ficava no meio da sala, levantou-se, passou a mão na cabeça e disse meio desconcertado.

— Eu não estou mais conseguindo ter uma ereção como antes, isto também tem me atormentado, estou me sentindo fracassado como homem, não posso lhe satisfazer na cama e você ainda é moça, pode muito bem arranjar um companheiro que...

Antes de ele terminar a frase Teresa levantou-se, aproximou-se e colocou a mão sobre sua boca sufocando-lhe as palavras, em seguida o abraçou bem forte e o beijou na boca ternamente.

— Não fale uma bobagem dessa, você é o homem da minha vida. Não se sinta envergonhado. Disfunção erétil acontece com todos os homens, mais cedo ou mais tarde. Nós vamos resolver isso juntos. Eu te amo!

Aquela noite foi, sim, o recomeço para uma história de amor que teve início há 30 anos.

Eram quase três da tarde quando Raphael chegou ao albergue onde estava hospedado o reverendo Peter. Os dois mataram a saudade um do outro e conversaram por quase duas horas. Sentados à mesa da cozinha, tomaram café e saborearam sequilhos de coco.

— E meus pais, como eles estão? E meus irmãos? Sem me dar conta já faz quase um ano que não vejo minha família.

— Estão, todos estão muito bem, posso lhe garantir! Seus pais tiveram um bom lucro com a safra de fruta deste ano.

— Ah! Que saudade das carambolas!

— Sua mãe mandou algumas frutas, inclusive a carambola, sua preferida, mandou também doce de leite, queijo fresco e sequilhos de nata, pelo visto ela quer te engordar.

— Sabe como é minha mãe, né reverendo? Pra ela gente saudável é gente gorda.

Risos...

— E os meninos?

— Estão todos bem. Na vidinha de sempre: estudando, ajudando seus pais, frequentado os cultos aos domingos. A novidade é que meu xará, o Pedro, está namorando firme com uma garota lá do município vizinho, ela é filha do dono do supermercado, daquele em que seu pai vende os produtos do sítio.

— E como o pai tá vendo este namoro?

— Com reserva, é claro. Ainda mais que a garota é rica e não segue nossos preceitos religiosos, sabe como seu pai é conservador nesse aspecto. Tentei acalmá-lo dizendo que os tempos são outros e que não é por que a menina é rica que isso possa ser um empecilho para o namoro. O que importa é afinidade de alma...

— E por falar nesse assunto, explique-me essa questão de amor eterno, alma gêmea que o senhor tanto fala.

— Quando eu tinha 10 anos eu tive um sonho que nunca me esqueci: eu vi um homem de vestes brancas, eram tão alvas que brilhavam, ele tinha uma voz serena e disse que eu iria fazer a diferença no mundo e que eu seria completo quando encontrasse minha alma gêmea e que era pra eu ser fiel a este amor. Nessa época eu já tinha um sentimento forte pela Susan, como você já sabe, nós crescemos juntos. Não nos desgrudávamos: brincávamos todos os dias, sempre nos mesmos horários, estudávamos na mesma escola, eu a defendia de tudo e de todos que pudessem magoá-la, eu era uma espécie de seu anjo de guarda, seu fiel escudeiro. Nossos pais sempre foram vizinhos e amigos de longa data e não viam em nossa terna amizade nenhum problema. Na adolescência percebemos que o que sentíamos um pelo outro era mais que amizade: era amor.

Quando ela completou dezesseis anos, pedi-a em noivado, um ano depois nos casamos e fomos muito felizes, tínhamos a plena certeza que éramos almas gêmeas. Nossa cumplicidade era ímpar, nos compreendíamos apenas com o olhar, parecia que cada um sabia o desejo do outro, vivíamos numa fina sintonia. Tínhamos a mesma ideologia: uma forte necessidade de construir um mundo melhor e ajudar o próximo. Por isso tivemos a ideia de fundar uma congregação religiosa, trabalhamos muito para tornar nosso sonho realidade.

Quando a perdi, não pude aceitar que era o fim. Tanto amor não podia se esvair com a morte. Recusei a ideia de amor finito, na minha concepção o amor é eterno. O verdadeiro amor transcende ao tempo, às dificuldades, às limitações, sejam elas de qualquer ordem, física ou material. E foi aí que pensei: e por que não ultrapassar outros planos? Com essa ideia fixa debrucei-me sobre os estudos: busquei na ciência e na espiritualidade respostas para a minha angústia e foi aí que eu descobri em minhas pesquisas que, para entender a possibilidade de uma ligação com alguém que se amou muito e partiu, é preciso basear-se na ideia de que a alma já existiu na sua plenitude antes de uma existência terrena.

A maior força existente é o amor, ele é invencível e indestrutível, nada nem ninguém pode ir contra esta força divina. Este é o sentimento mais poderoso que o ser humano pode ter, pois ele é o último grau da evolução, é algo que emana do próprio criador, do próprio pai celestial.

— Nossa, reverendo! Tudo isso é muito forte. Estou arrepiado! Mas como sabemos que encontramos nosso verdadeiro amor?

— A gente simplesmente sente, pois o amor verdadeiro vai muito além de uma atração física e sentimentos terrenos como o ciúme, a insegurança, o medo da solidão ou a conveniência, seja ela social ou financeira. Enfim, estar com alguém por mero interesse material e não espiritual. Uma relação alicerçada nesses valores é instável e frágil, como um castelo construído sobre a areia. Por isso que existem tantos casais infelizes neste mundo. O verdadeiro amor tem afinidade de alma.

Na carta de São Paulo aos coríntios, ele diz que: "O amor é paciente, o amor é bondoso. Não inveja, não se vangloria, não se orgulha... Não maltrata, não procura seus interesses, não se ira facilmente, não guarda rancor...Tudo sofre, tudo crê, tudo espera, tudo suporta". E, ao final, ele completa dizendo que entre a Fé, a **Esperança** e o **Amor**, este é o maior de todos os sentimentos. Agora eu quero te perguntar uma coisa...

Ele fez uma pequena pausa para tomar um gole de café e prosseguiu.

— Você agora conseguiu uma vitória extraordinária, está prestes a entrar na ESM, uma das maiores instituições de música erudita do país, não entendi sua perplexidade no estacionamento hoje, pela manhã. O que está te angustiando?

— Eu... Estou apaixonado por uma professora da escola.

— E onde está o problema? Ela também te ama?

— Eu penso que sim, pelo menos hoje eu tive esta confirmação no momento do meu teste, mas a acho um tanto quanto inacessível.

— Como assim?

— Não sei explicar, ela parece uma divindade, não sei muito sobre ela, mas paradoxalmente eu tenho a sensação de que a conheço intimamente. Isso não é estranho? Quando a vi pela primeira vez, fiquei hipnotizado, tive um sentimento indescritível, daquele dia em diante não consegui mais tirá-la da cabeça nem de meu coração, sei que a amo.

— Então, meu caro, a moça precisa ficar sabendo desse amor que você sente por ela. Vá procurá-la, declare-se, só assim você vai saber os sentimentos dela por você. Se ela for sua alma gêmea você vai ter a confirmação, não me pergunte como, mas você saberá. E quanto às outras garotas?

— Nunca existiu nenhuma garota especial em minha vida. Confesso pro senhor, sem modéstia, que sou muito assediado por outras mulheres lá no Caffé, são moças lindas de todos os lugares que vão estudar no conservatório, até de outros países, mas nunca me apaixonei por ninguém. A Sarah ocupa todos os espaços em mim.

— Sarah, hein? Um nome carregado de significados... Que fazes ainda aqui? Vá atrás dela e viva sua história, não perca mais tempo. Só posso te desejar boa sorte. Deus o abençoe, meu filho!

Raphael foi à pensão tomar um banho e tentar conseguir o endereço de Sarah. Ligou para sua patroa e disse que a professora havia esquecido alguns livros no Caffé.

— Se a senhora quiser eu posso entregá-los, mas preciso do endereço.

— Obrigada, Raphael, pela gentileza! Anote o endereço.

Às 21 horas Raphael tocou a campainha do apartamento de Sarah. Para Geraldo, o porteiro, ele contou que era seu namorado e não precisava avisá-la, pois queria lhe fazer uma surpresa.

— Ah! Você é o rapaz das rosas vermelhas?

— Sim, isso mesmo!

— Então, pode subir.

Sarah tinha acabado de sair do banho e não tirava Raphael dos seus pensamentos. Quando a campainha tocou, seu corpo estremeceu e pensou:

— Será que é ele? O Geraldo teria anunciado, não?

Ao abrir a porta, seu coração parecia saltar do peito, estava nervosa, ansiosa e sem reação. Raphael conduziu a situação com muita habilidade e maturidade. Desenvoltura própria de um homem cheio de amor pra dar.

— Sarah, desculpe-me o atrevimento! Posso chamá-la assim, sem formalidades? Não pude deixar de vir aqui. Por favor, deixe-me entrar! Preciso conversar com você.

Sem pronunciar nenhuma palavra, Sarah fez um gesto para que ele entrasse. Não tinha mais o que dizer, não conseguia mais fugir dos seus sentimentos, tudo que mais queria era cair nos braços daquele homem que agora estava em sua frente, lindo e apaixonado. Nunca sentiu nada tão forte por alguém. No fundo adorou a atitude dele de procurá-la, dessa petulância de homem que sabe bem o que quer. Isso a envaideceu e a deixou ainda mais excitada.

Raphael entrou, ambos sentiram os perfumes que cada um emanava de seus corpos. Eles se olharam e nada mais precisou ser dito, como um imã, foram atraídos um para o outro e se beijaram. Primeiro suavemente, depois a temperatura esquentou febrilmente, beijaram-se como quisessem se devorar, era muito desejo que precisava ser saciado.

A respiração de ambos estava ofegante... Sarah só usava um robe de seda branco, sem nenhuma *lingerie* por baixo. Raphael tirou a peça de seda que envolvia seu corpo e suavemente tocou em seus lindos seios. Com a ponta da língua tocou seus mamilos hirtos, abaixou-se para explorar seu corpo nu, desceu beijando a barriga, o umbigo, a vulva (quase sem pelos), lambeu o clitóris, tocou-o com o polegar, abriu a vulva e bebeu seus líquidos que encharcavam sua "rosa vermelha", inebriou-se com seu perfume, que o encheu ainda mais de tesão. Ela estava totalmente lubrificada. Depois dessa quente preliminar, beijaram-se ardentemente. Ele a tomou no colo. Perguntou-lhe onde era seu quarto, ela apontou a direção. Deitou-a na cama e continuou a acariciá-la sensualmente por todo seu corpo.

Sarah tirou-lhe a camisa, beijou-lhe o peito e passou a mão em seu tórax másculo e definido. Tirou-lhe a calça: ele estava extremamente excitado. Ela o tocou e o fez gemer. Despidos e embriagados de prazer, Raphael a penetrou. O encaixe perfeito e os movimentos pélvicos precisos fizeram com que ambos obtivessem juntos, no mesmo segundo, o orgasmo que nunca experimentaram em suas vidas. O gozo foi tão intenso que Sarah chorou... Ela sentiu que algo mágico havia acontecido... Raphael a abraçou e juntos adormeceram entorpecidos de felicidade.

Raphael foi o primeiro a acordar. Sentou-se ao lado de Sarah e ficou admirando aquela mulher nua e linda que na noite anterior tinha possuído com o ardor de um homem apaixonado. Quando Sarah despertou, ele, antes de dar-lhe bom dia, seguiu seu impulso e perguntou-lhe sem meias-palavras:

— Quer casar comigo?

Sarah sorriu de felicidade ao perceber que o que havia acontecido na noite anterior não fora um sonho. Mas desconversou...

— Primeiro, bom dia! — com um leve sorriso nos lábios.

— Meus dias serão todos bons quando eu acordar ao seu lado. Não estou brincando, quero sim ser teu homem e quero ter você como minha mulher. Eu tenho a sensação de que algo invisível e inexplicável nos liga. É um sentimento forte de completude. Como se eu estivesse procurando por você há muito tempo. E, agora que te encontrei, não quero deixá-la ir.

— Nossa! Profundo! Não imaginava que você tinha essa maturidade espiritual e intelectual. Fico feliz em saber que o homem que mal conheço e nesse momento está dividindo comigo minha cama não é apenas um rostinho bonito com um corpo cheio de músculos. Mas você me pegou de surpresa, aliás surpreender-me é sua especialidade. É tudo muito recente, inesperado, preciso digerir minimamente esta história, porque não quero sofrer mais desilusões na minha vida.

— Nunca te faria sofrer! Desde a primeira vez que a vi, meu projeto de vida era te conquistar, senti-me meio inseguro, não pela diferença de idade, mas pelas nossas diferenças cultural e social. Sou um homem simples, como diz Belchior: "sem dinheiro no banco, parentes importantes e vindo do interior". Mas tenho muito amor pra te dar, você só precisa dizer sim, aceitar este sentimento que tenho a te oferecer.

— Raphael, tudo isso é muito lindo, eu também, por mais louco, prematuro e inconsequente que possa parecer, também estou sentindo a mesma coisa por você, não vou negar, tenho uma necessidade visceral de ser feliz, inclusive, tenho a sensação, quase intuição, que você é o homem que há muito tempo, inconscientemente, eu esperava. Mas não vamos decidir isso agora, está bem? Vamos decidir isso depois, ok? Estou muito feliz, não vamos estragar o que vivemos ontem. Vamos tomar café! A gente conversa sobre isso em outro momento, certo?

Raphael balançou a cabeça concordando com um meio sorriso, mas sua ansiedade de ter Sarah para sempre era enorme, não era precipitação, era uma urgência que o compelia a essa decisão, porém não sabia explicar. Ele a tomou nos braços, beijou-a com delicadeza e mais uma vez fizeram amor.

O desjejum tinha suco de laranja, leite desnatado, café, frutas frescas, pão integral e uma omelete com queijo cottage, rúcula e tomate seco. Raphael comeu como um estivador. Afinal, tinha que repor toda energia gasta no ato sexual. Ainda à mesa, eles puderam conversar e se conhecer mais um pouco.

— Vejo que você gosta muito de violetas.

— Sim, são minhas flores prediletas. Minha ligação com elas veio da minha mãe, ela que me ensinou a gostar delas.

— Onde está sua mãe?

— É uma história triste: eu perdi meus pais quando tinha 20 anos. Ambos morreram num desastre aéreo. Eles estavam voltando de Manaus. Minha mãe era bióloga, com especialidade em botânica. Meu pai era professor de piano aposentado da ESM. Ele sempre acompanhava minha mãe em suas pesquisas e congressos de botânica de que participava. Ela tinha ido à floresta amazônica estudar novas espécie de plantas recém-descobertas.

— Desculpe, meu amor! Não queria deixá-la triste.

— Não se preocupe! Alguns anos de terapia me ajudaram nessa questão.

— Incrível, como temos predileções pelas flores que nossas mães gostam. Eu tenho uma paixão por rosas vermelhas, porque minha mãe as cultiva e ela sempre conversava comigo sobre a beleza, delicadeza, perfume e magia que esta flor desperta no ser humano. Foi por isso que a presenteei com rosas vermelhas naquele dia, mesmo você não sabendo que era eu, senti-me gratificado. Foi uma forma de dizer-lhe que és linda como a rosa, pois, desde a primeira vez que a vi, tive a certeza que você era a mulher da minha vida. A música "Rosa" do Pixinguinha é meu hino, a música que eu gostaria de ter composto para ti.

Sarah tocou-lhe a mão e sorriu feliz e emocionada. E, olhando em seus olhos, pensou: "Meu Deus! Como ele me encanta, que maturidade emocional, espiritual e intelectual. Ele é tudo e muito mais do que eu sonhei, não quero perdê-lo, mas ele não imagina o que nos ameaça, justamente o que mais amamos fazer na vida: a música. As normas da ESM são rígidas e não permitem envolvimento de professor com aluno. O que é que eu faço? Preciso de uma luz..."

Nesse momento Sarah lembra-se de que precisa se despedir de Teresa que está de viajem marcada para a Europa.

— Raphael quero muito ficar com você, mas preciso ir à casa da Teresa despedir-me dela, hoje à tarde ela viaja para Paris. Já que estamos de recesso este mês, vamos poder ficar bastante tempo juntos, não é mesmo?

— É tudo o que eu mais quero!

— Quero saber tudo sobre você, a começar pelo seu número de celular para que eu possa encontrá-lo

Risos...

— Claro! Quero também o seu, porque vou passar mensagens a todo minuto pra você...

— Bobo!

— Bobo e feliz! Porque agora tenho a mulher mais linda do mundo!

Eram quase dez e meia da manhã quando Sarah chegou à casa de Teresa. Para se certificar de que a amiga estava em casa, ligara antes pra avisar que estava a caminho. As duas estavam sozinhas, Jorge havia saído para comprar algumas coisinhas "típicas da terra" que levaria para Sucila e também aproveitar para se despedir dos amigos. Sarah estava ansiosa para contar à amiga o que acontecera na noite anterior.

— Amiga, você não vai acreditar! Passei a noite com Raphael, estou completamente apaixonada!

— O quê? O meu Raphael? Quer dizer o meu garçom lindo e amado?

Risos...

— Ele mesmo!

Risos...

— Que maravilha!

Teresa abraçou a amiga toda eufórica!

— Eu já sabia que esta história iria acabar dessa forma...

— Como assim? Você sabia? Você não ficou surpresa?

— Não! Há muito tempo vinha percebendo como Raphael te olhava quando você chegava no Caffé. Ele só tinha olhos pra você, ignorava todas as meninas lindas que ficavam lá babando por ele. E nos últimos dias percebi seu interesse por ele também, mesmo você tentando disfarçar e esconder, por isso dei um empurrãozinho falando um pouco dele pra você. Vi que você reagiu bem, percebi até um pouco de ciúmes. Mas não quis ser invasiva, queria ouvir esta confissão da sua própria boca.

— Você não é fácil, né Teresa?

— Estou muito feliz por vocês! Apesar da diferença de idade, que acho uma bobagem, espero que você não fique encanada com isso, ambos foram feitos um para o outro.

— Você acha?

— Sim! E têm minha benção!

— Por falar em benção, veja que coisa louca! Ele me pediu em casamento, assim que acordamos.

— Esse menino é apressado, hein?

Risos...

— Pois é, achei impulsivo, precipitado!

— Olha, sinceramente! Não parece o perfil dele. Como te falei, acho-o bem centrado, responsável e maduro. Vai ver que era isso que ele sempre quis desde que a viu...

— Foi mais ou menos isso que ele me disse. Mas Teresa você não está atentando para um fato muito importante. A ESM veta relacionamento entre discentes e docentes. Se eles descobrem, o Raphael pode ser expulso, sei que eles não podem me demitir, pois sou concursada, só sofreria algum tipo de represália, que na verdade é irrelevante pra mim. Minha preocupação maior é com ele. Isso tá me angustiando, pois não quero abrir mão do Raphael, mas não tenho o direito de interromper o sonho dele de ser músico, foi com esse objetivo que ele veio pra Salvador. Não quero ser empecilho para suas realizações pessoais.

Teresa ouvia atentamente a amiga e compartilhava da sua angústia, mas por um breve instante foi iluminada com um *insight*.

— Minha querida, você tem a solução!

— Como assim Teresa? Seja mais específica, por favor! — disse meio ansiosa.

— Aceita o pedido de casamento dele. Segundo o estatuto da ESM, cônjuges podem estudar, como também trabalhar lá, desde que o relacionamento seja anterior à entrada na instituição. Tô falando sério, se vocês têm certeza de que se amam, mesmo se conhecendo tão pouco, pule do quarto andar, se jogue, seja feliz, quebre os protocolos.

— Mas isso parece loucura!

— Loucura é não ser feliz! Aproveita o recesso, vá num cartório, agilize os papéis e pronto! Depois vocês vão a Paris numa outra oportunidade e fazem uma cerimônia a altura do amor de vocês, mas agora seja conveniente e prática. Não deixe esta chance escapar, você já sofreu demais! A vida é muito curta, minha querida. Quando pensamos muito, realizamos pouco, às vezes, o que parece que é errado, é o certo. Arrisque-se com coragem!

— Estou zonza, mas confesso: era isso que eu queria ouvir, porque quero passar o resto da minha vida ao lado dele.

Uma lembrança passada veio como um *flash* de luz à mente de Sarah. Ela se lembrou da previsão da mãe de santo...

— Teresa, lembrei-me de uma coisa: uma previsão de uma mãe de santo há um ano. Ela me disse que um homem vindo de outro lugar me faria muito feliz. Que ele tocava um instrumento de sopro com muita elegância. Gente! É o Raphael! O que eu senti ontem quando ficamos juntos é indescritível, nunca senti por homem nenhum. É ele! Agora tudo se encaixa...

— Então minha amiga, vá procurá-lo e diga sim pra ele, sim pra sua felicidade. Agora vou viajar duplamente feliz...

— Amiga, obrigada pelos conselhos! Mas me conta... Como foi ontem com o Jorge? Desculpa! Fui egoísta, cheguei despejando minhas questões e nem procurei saber de você.

— Imagina... Mas posso te garantir que também tive uma noite maravilhosa. Como você mesma falou, minhas suspeitas eram infundadas. Estamos bem e vamos fazer mais uma lua de mel lá em Paris

Risos...

Raphael havia combinado com Peter que iria almoçar com ele. Assim que saiu da casa de Sarah, passou na pensão para trocar de roupa, de lá dirigiu-se ao Hotel Salvador Convention Center, onde acontecia o evento religioso. Era quase meio dia quando chegou. Esperou no saguão até acabar a primeira parte do simpósio, pontualmente às 14h a reunião recomeçaria. Os amigos tinham duas horas para poder conversar. Raphael estava visivelmente ansioso, queria contar as novidades para o seu amigo e mentor.

— Boa tarde, meu querido! Já está aí há muito tempo?

— Não reverendo, tem uns 10 minutos!

— Então vamos a um restaurante mais simples que fica do outo lado da rua. Aqui os preços não cabem no meu bolso.

Disse isso com um uma sinceridade cristã e com um leve sorriso no rosto. Raphael concordou e ambos saíram...

Acomodaram-se numa mesa mais reservada. Pediram o prato do dia: moqueca de camarão.

— Pela sua cara de felicidade, deu tudo certo ontem, não foi?

— Mais do que eu esperava. É tanta felicidade que me dá até medo.

— Costumamos sentir uma culpa inconsciente quando estamos felizes, achamos que não somos merecedores, mas Deus fez seus filhos para serem felizes, é nossa predestinação! Paradoxalmente, quando estamos tristes, questionamos a Deus, culpando-O pela nossa infelicidade. Esta postura equivocada do ser humano perante o Soberano só atrasa suas conquistas. Por isso, Rapha, acredite que você é merecedor dessa felicidade.

— Lembra quando o senhor me falou sobre alma gêmea?

— Sim!

— Ontem quando fizemos amor, senti algo tão forte e sublime que nenhuma palavra do nosso dicionário daria conta de explicar a emoção e sensação que experimentei. Depois, antes de adormecer com ela em meus braços, tive a certeza de que era Sarah a minha alma gêmea. O senhor me disse que quando eu a encontrasse, eu saberia. Então, a primeira coisa que fiz hoje ao acordar foi pedi-la em casamento. Será que fui precipitado?

— A precipitação e a impulsividade estão mais atreladas à paixão. No seu caso, pressinto algo maior. Pela sua narrativa e pelo que te conheço, você não é dado a esses arroubos. Você é um homem jovem e bonito, já teve outras mulheres e pode tê-las assim que quiser, no entanto, escolheu uma só para a qual se dedicar. Você já acalenta este amor há meses, na sua discrição e silêncio, esperou o momento certo para se declarar. Onde está a precipitação? Só posso concluir que este sentimento é o mais genuíno amor e amor conduz à felicidade e não ao desassossego.

Quanto à alma gêmea, somente você saberá identificá-la, pois é uma experiência de foro íntimo e espiritual.

— Depois de ontem não tenho mais dúvida! É ela, reverendo, eu sinto.

— Então, tranquilize-se, deixe-a decidir no seu tempo. As mulheres têm mais intuição e sensibilidade, ela vai saber o momento exato do sim, o que lhe resta a fazer é viver este amor em todas as suas nuanças. Seja intenso! Deixe que ele se expanda e tudo irá fluir a favor de vocês. Mas esteja preparado quando ela disser sim, ok? Portanto, aconselho-o a comprar um anel, faça isso assim que sair daqui, porque minha intuição me diz que isso vai acontecer mais breve do que você imagina.

— Quero que o senhor a conheça. Quantos dias mais o senhor vai ficar em Salvador?

— O simpósio começou hoje (sábado), vai até segunda. Tenho algumas coisas para resolver aqui na capital, devo retornar na quarta, até lá teremos tempo, pois vocês estão de recesso, não é mesmo?

— Sim, sim!

— Agora vamos almoçar que esta moqueca está com um cheiro delicioso, vou me entregar ao pecado da gula.

Risos...

Os conselhos de Teresa funcionaram para Sarah como um sopro vitalizador que a encorajava para tomar a decisão mais importante da sua vida: casar-se com um homem aparentemente desconhecido, mas por quem ela sentia uma profunda afinidade, como se já o conhecesse há séculos. Parecia um reencontro de almas com data e hora marcadas para acontecer. Se assim o fosse, ela não iria criar obstáculos para retardar o processo. A violinista estava disposta a deixar de lado todo seu racionalismo científico e se entregar a sua intuição metafísica. No entanto, de uma coisa ela tinha absoluta certeza: era seu anjo Raphael que ela queria ao seu lado por toda sua existência.

Esta certeza vibrava em todas as suas células. Sarah transpirava felicidade e a irradiava por onde passava, não conseguia disfarçar um sorriso que insistia em permanecer em seus lábios, sintomas característicos de quem teve uma inesquecível noite de amor e quer perpetuá-la.

Sarah já havia tomado sua decisão. Ela iria aceitar o pedido (precoce) de casamento feito por Raphael. Mas antes disso queria fazer uma surpresa para ele: um jantar, esta singela cerimônia representava a forma mais adequada de selar este amor.

A violinista saiu da casa de Teresa por volta do meio-dia, a amiga iria embarcar às 16:30h para a Europa. Sarah foi direto a uma delicatessen comprar bebidas e ingredientes para preparar o jantar. Ela já havia pensado no cardápio: um risoto de frutos do mar e um vinho Sauvignon Blanc para acompanhar. Feliz e ansiosa para ver a reação do amado, pegou o celular e ligou para ele convidando-o.

CAPÍTULO V

O JANTAR

Sarah preparou o jantar com carinho e esmero, decorou a mesa com muito requinte. Depois foi se arrumar para esperar o grande momento. Raphael chegou pontualmente às 20:30h (horário marcado). Ela se vestiu com o mesmo vestido com que o saxofonista a viu pela primeira vez (o vermelho bloody mary). Usou, como de costume, seu perfume floral frutado, extremamente sensual, a fragrância inebriante possui notas de topo: cassis, groselha, cítricos e pera. Notas de coração: jasmim, lírio-do-vale e castanha-do-Pará. E notas de fundo: sândalo, almíscar e âmbar.

Raphael ficou extasiado ao ver Sarah com o mesmo vestido de quando ele a viu pela primeira vez, parecia um *déjà vu*... Seu o perfume... Tudo remetia a um sonho, uma profecia que se concretizava.: "Essa mulher está atrelada ao meu destino", pensou.

Sarah realmente iluminava o ambiente, irradiava um brilho incomum e muita felicidade. Felicidade que jamais experimentara com tamanha intensidade. Raphael também transbordava contentamento e olhava para aquela mulher com um misto de ternura, paixão, desejo e encantamento.

— Como você é linda!

— Boa noite, meu anjo Raphael!

Depois desse breve cumprimento, os dois se abraçaram e se beijaram com muito tesão, mas Sarah estava no controle, ela interrompeu o momento e o conduziu para o sofá, ofereceu-lhe um drink e ambos puderam conversar um pouco antes de se sentarem à mesa para jantar. Sarah colocou um CD de Sara Vaughan e perguntou a Raphael se ele a conhecia.

— Como não? Adoro esta cantora, o reverendo nos apresentou — falou Rapha em tom de brincadeira.

— Brincadeiras à parte, tudo que sei sobre jazz, blues e cultura norte-americana devo ao Peter. Ele é mais que um amigo, é minha referência religiosa, intelectual e musical. Ouço a Sara Vaughan, Nina Simone, Ella Fitzgerald e as outras divas do jazz desde garoto, ou você acha que sou saxofonista por acaso? Depois que a conheci no Caffé e descobri que seu nome também era Sarah, apaixonei-me ainda mais.

Fez uma pausa e continuou:

— Antes que você me pergunte por qual das duas, eu me adianto: pelas duas, viu!

Sorriu levemente.

— De todas as divas do jazz, a Sara Vaughan é a que mais me encanta, não estou dizendo isso porque ela é minha xará não, viu!

Com um leve sorriso nos lábios emendou:

— Mas pelo seu talento como pianista e cantora principalmente. Encanta-me sua voz de tonalidade grave, sua enorme versatilidade e seu controle do vibrato.

Raphael aproveita esse momento de cumplicidade e disparou:

— Concordo com você em tudo! Já percebeu o quanto já descobrimos, em tão pouco tempo, o quanto temos em comum? Você percebe nossa fina sintonia? Sinto que nossas vidas estão entrelaçadas.

— Não posso fugir disso. Também tenho essa forte impressão, ou melhor, esse forte sentimento e intuição. Por isso tomei uma decisão.

Raphael foi tomado por uma ansiedade e emoção e se precipitou:

— Então você aceita se casar comigo?

— Sim! É tudo que mais quero.

Num impulso Raphael a agarrou e a beijou com muito amor. Sarah se afastou um pouco para respirar e contou-lhe que precisavam ser rápidos, pois eles só tinham cerca de 20 dias para oficializar a união.

— Existe uma norma na ESM de que cônjuges podem estudar e trabalhar na instituição, desde que a união seja anterior ao ingresso de pelo menos um dos cônjuges à Escola. Não importa se um dos cônjuges já faça parte do corpo discente ou docente, o que é meu caso. Eu tenho certeza que você foi aprovado, ainda não tive acesso ao resultado, mas posso inferir, pelos comentários dos outros professores que também te avaliaram, que você recebeu nota máxima de todos, mesmo que anulem minha nota, por um suposto envolvimento afetivo, isso não acarretará prejuízo na sua nota final. Daqui a três semanas começam as matrículas, por isso precisamos correr contra o tempo. Faremos uma cerimônia civil. Numa outra ocasião, faremos uma cerimônia religiosa, com a presença de nossos amigos e seus familiares. Que você acha?

— Nossa! Como estou feliz! Está perfeito. Por mim casaria com você neste momento. Mas como vamos conseguir casar dentro de uma semana?

— Não se preocupe! Já acionei um contato meu lá no cartório do 9º ofício. Ele vai agilizar tudo para nós. Trata-se de um grande amigo dos meus pais, com grande influência entre os figurões do fórum Ruy Barbosa, o Sr. Agenor garantiu que na próxima terça-feira já estaremos casados se assim for nosso desejo.

— Que maravilha! Tô vivendo um sonho...

— E eu um conto de fadas!

— Então, minha princesa, deixa eu fazer como manda o figurino...

Nesse momento Raphael tira do bolso da calça um estojo e oferece à amada. Sarah ficou emocionada com a singeleza e beleza daquele anel de ouro branco e pedra de zircônia (gema que mais se assemelha ao diamante).

— Quer se casar comigo? — pergunta Raphael.

Com lágrimas nos olhos, ela diz sim e pergunta:

— Como você sabia que eu ia aceitar?

— Intuição! Não posso negar que, também, segui o conselho de um amigo. Ele disse para eu ficar preparado pra quando você dissesse sim.

Nesse clima de romance, eles brindaram à felicidade, jantaram e fizeram amor... (necessariamente nessa ordem).

CAPÍTULO VI

O CASAMENTO

Na segunda-feira, Sarah já deu início aos preparativos para seu enlace matrimonial. Não haveria recepção festiva para convidados, aliás, não haveria nem convidados, mas somente a cerimônia no cartório para assinar a papelada, oficializando a união civil. No entanto, queria comprar um vestido branco simples, que pudesse ser aproveitado em outras ocasiões. Precisava também providenciar um traje adequado para Raphael, preferia comprar a alugar, assim Rapha poderia usá-lo em outro momento.

Às 10 horas, ela e Raphael foram ao shopping mais badalado da cidade fazer as compras do casamento. Depois do almoço, na praça de alimentação, foram a uma agência de viagem fechar um pacote turístico para Buenos Aires. Na metrópole portenha passariam cinco dias em lua de mel. Sarah sugeriu a capital Argentina porque Raphael ainda não tinha passaporte (mas poderia viajar com o documento de identidade). Além do que eles não dispunham de muito tempo para viagens longas. Sem contar da sua paixão pelo lugar, Sarah o considerava a Paris da América Latina, representada pelos seus requintados cafés, a exemplo do Tortoni. A argentina é o berço do tango e o país onde nasceu Astor Piazzola, o mais influente compositor de tango do século XX. Ele revolucionou este estilo musical ao introduzir elementos do jazz e da música clássica em sua estrutura rítmica.

Nesse cenário perfeito de romantismo e música, o casal daria início à sua história de amor, unindo o útil ao agradável: teriam uma lua de mel e a oportunidade de Raphael fazer sua primeira viagem internacional e, de quebra, teria a chance de mergulhar na cultura musical tangueira e beber na fonte de Astor Piazzola, outro artista da música contemporânea que eles também admiravam.

Eles se casaram no civil no final da tarde de terça-feira. À noite, eles fizeram uma pequena celebração no apartamento de Sarah (que, a partir aquela data, também passou a ser o novo lar de Raphael). Aproveitando a presença do reverendo na cidade, Rapha convidou o religioso para que ele abençoasse a sua união com Sarah, e, claro, a ocasião também seria oportuna para que Peter conhecesse a noiva. Ele não pode comparecer à cerimônia civil, pois estava resolvendo algumas pendências sobre a sua congregação, mas assim que terminou seguiu direto para a casa dos pombinhos, que o aguardavam ansiosos. Para celebrar o matrimônio, havia champanhe e um delicioso bolo branco de dois andares.

— Quero fazer um brinde ao amor, ao amor genuíno e verdadeiro que brota entre dois corações apaixonados que se unem para formar um só corpo. Vidas que se fundem para viver em comunhão plena, partilhando não somente as coisas materiais, mas, e principalmente, os sentimentos nobres vindos de esferas celestiais. Falo do amor de almas afins que estão entrelaçadas desde o princípio, mas que se separam por razões divinas preestabelecidas e se reencontram quantas vezes forem necessárias para cumprir os planos de Deus. Até serem unidas para toda eternidade. Porque o espírito é imortal, tanto a vida quanto o amor não cessam com a morte. Depois dessa "passagem", aquele que tiver ido primeiro espera seu amor do outro lado da "ponte". Agora peguem as alianças!

Sarah Valverde de Albuquerque é do seu desejo tomar Raphael Santana como seu legítimo esposo, amando-o e respeitando-o todos os dias da sua vida?

— Sim.

— Raphael Santana é do seu desejo tomar Sarah Valverde de Albuquerque como sua legítima esposa, tendo o compromisso de amá-la e honrá-la todos os dias da tua existência?

— Sim.

— Agora os noivos podem selar esta união com o tradicional beijo na boca.

Que Deus abençoe a união de vocês! Salve os noivos mais apaixonados do planeta! — Finaliza o reverendo levantando a taça de champanhe.

Emocionados, os noivos agradeceram a presença e as palavras do reverendo. Peter não demorou na casa de Sarah e Raphael, ele estava cansado e também já era hora de deixar os pombinhos a sós e voltar para o albergue, pois naquele momento o que ele mais precisava era de uma boa ducha e relaxar. Tinha que acordar cedo para resolver algumas coisas na capital antes de retornar para o interior.

— Sarah, foi um enorme prazer conhecê-la, o Rapha não poderia ter feito escolha melhor, você é uma pessoa que possui uma intensa luz interior. Uma mulher excepcional!

— Obrigada, reverendo! Eu é que me sinto honrada por tê-lo conhecido, o senhor é exatamente como o Raphael descreveu: um ser humano maravilhoso, raro de se encontrar nos dias de hoje.

— Raphael, você está em boas mãos, cuide dessa mulher como uma joia rara. Boa viagem e uma excelente lua de mel.

O reverendo despediu-se do casal e deixou o apartamento um pouco apressado. Os recém-casados aproveitaram, cheios de amor e desejo, a primeira noite como marido e mulher. No dia seguinte embarcaram para a Argentina em lua de mel. Sarah estava vivendo um sonho de contos de fada. Como estava feliz, não imaginava que tanta felicidade fosse possível quando se encontra um grande amor.

Em Buenos Aires conheceram os pontos turísticos, visitaram museus e exposições de arte, foram a cafés, restaurantes e fizeram muito amor. Ficaram na capital portenha quase duas semanas, foram dias intensos, repletos de momentos inesquecíveis.

De volta à Bahia e à nova realidade de vida, o casal se preparava para os confrontos. Sarah estava decidida que nada iria atrapalhar sua felicidade, já tinha na ponta da língua os argumentos para a difícil conversa com Amadeu, diretor da ESM. Ela estava ciente das especulações de colegas e alunos e sobre os rumores do seu casamento às pressas e às escondidas.

A conversa com o diretor da ESM foi mais fácil do que imaginava. Ao expor sua situação, o diretor a ouviu pacientemente, apesar de ter fama de austero e tradicional, ele se mostrou bem flexível e compreensivo sobre a questão de Sarah.

— Sarah, não estou aqui para julgá-la. Conheço você desde pequena, tive a honra de conviver com seu pai aqui na ESM. Sei do seu caráter e da sua conduta. Como pessoa e profissional, és exemplar. Tenho conhecimento de todas as suas perdas. Quem sou eu para impedir sua felicidade. Mesmo porque, baseado no estatuto dessa instituição, não cometeste nenhuma transgressão ou infringiste qualquer norma. Só posso desejar felicidades para ti e teu marido, que, pelo que já sei, é o mais novo aluno da casa. Sejam bem-vindos!

Emocionada, Sarah abraçou o diretor em agradecimento. Ela sentiu-se apoiada e blindada contra as fofocas que porventura viessem a acontecer. Porém, quando a notícia se espalhou, causou espanto em colegas e alunos, no entanto, com o passar dos dias, tudo transcorreu dentro de uma possível normalidade. As pessoas ficaram surpresas, mas os trataram com respeito e até com um certo acolhimento.

Previsível, no entanto, foi que algumas alunas ficassem enciumadas, pelo fato de Sarah ter fisgado o "gato" mais cobiçado da ESM. Claro que isso não era verbalizado, apenas percebido, devido a algumas atitudes das moças. Mas a violinista estava feliz e segura do amor que Raphael sentia por ela, na sua nova vida de casada não cabia ciúme, dúvida nem insegurança.

Raphael também estava radiante, seus dois grandes sonhos acabaram de se concretizar: ingressar na ESM e se casar com Sarah. Seu peito não cabia de tanto contentamento. Essa felicidade fazia questão de compartilhar com seus pais que, mesmo à distância, sempre o apoiavam em tudo.

Eles entenderam a necessidade do casamento relâmpago e abençoaram a união. Ficaram mais tranquilos e felizes ao saber pelo reverendo que Sarah era uma mulher encantadora, o par perfeito para o filho deles. Raphael havia prometido aos pais que, no final do semestre, levaria Sarah à comunidade (em Rio de Contas) para que eles pudessem conhecê-la e realizaria uma cerimônia religiosa para reafirmar os laços matrimoniais na presença da família.

EPÍLOGO

Já havia passado um mês após a união de Sarah com Raphael, o casal ainda vivia em estado de êxtase. Quatorze de julho, data do centenário da ESM, Rapha acordou inspirado, ele sabia que aquele dia era importante profissionalmente para Sarah, pois ela apresentaria sua suíte inédita (para quarteto de cordas) que há meses preparava para a ocasião. Ele sempre acordava primeiro, gostava de ficar olhando para sua amada, apreciando sua beleza, naquela manhã ela estava excepcionalmente linda, parecia um anjo dormindo, serena, parecia que sorria enquanto dormia, por um momento hesitou em despertá-la, mas precisava acordá-la, para que ela pudesse agilizar os últimos preparativos para a cerimônia de gala que aconteceria logo mais à noite.

Sarah foi acordada com beijos, rosas vermelhas, violetas lilases e poema de Fernando Pessoa.

— "Amo como ama o amor. Não conheço nenhuma outra razão para amar senão amar. Que queres que te diga, além de que te amo, se o que quero dizer-te é que te amo?"

Sarah sorriu, abraçou forte seu marido e disse:

— Como você me faz feliz! Em 30 dias, fui mais feliz que em 35 anos! Eu te esperaria por toda uma existência pra viver novamente este sonho com você. Eu só queria um homem comum, mas Deus me deu um homem extraordinário. Obrigada, meu amor! Adorei as flores. Amo te amar, é amor carnal, nirvânico, sublime, espiritual!

— Quero ser seu eterno jardineiro para que em nosso jardim nunca falte o perfume suave das flores, que sempre haja violetas de todas as cores e lindas rosas vermelhas, não para competir com sua beleza, mas para adorná-la.

— Adorei suas palavras, é poesia da sua lavra, seu moço?
— Perguntou com um leve sorriso nos lábios.

— Sim, quando temos dentro do peito um amor maior do que a gente, tornamo-nos poeta e outros seres sublimes. Eu te amo demais, não sei viver sem você.

— Também não sei pensar mais em minha vida sem você dentro dela. Mas nada vai nos separar, o elo que nos une é forte, nossa ligação é eterna. Lembra do que o revendo disse sobre amor verdadeiro?

— Sim. Mas agora vamos deixar de prosa, pois tô com vontade de extravasar esse amor, venha cá, minha princesa! Mulher mais linda do mundo, porque agora quero te mostrar as estrelas...

Raphael tomou Sarah nos braços, encheu-a de beijos e fizeram amor apaixonadamente, olhando um nos olhos do outro, prática similar à do sexo tântrico. O orgasmo os deixava ainda mais conectados. Suas almas se fundiam numa experiência transcendente.

Sarah estava exuberante num vestido preto transparente rendado com micros cristais, usava sandálias de salto agulha com tiras fininhas. Seus cabelos sedosos estavam presos, conferindo-lhe um ar clássico, cheio de glamour. A maquiagem suave contrastava com um batom vermelho-sangue que realçava a beleza de seus lábios. Raphael trajava um terno de gala e estava sofisticado e elegante. Era o casal mais lindo e apaixonado da festa. Eles transpiravam felicidade que contagiava a todos.

No evento que homenageava o centenário da ESM, esteve presente a nata, ou *crème de la crème*, da sociedade baiana, artistas, músicos eruditos e a imprensa. A noite foi memorável. Sarah roubou a cena da festa, os holofotes se voltaram para ela. Foi aplaudida de pé após sua apresentação. Naquele momento de alegria extrema, pensou em seus pais: "onde quer que eles estivessem, estariam muito orgulhosos e felizes".

A violinista foi cercada por profissionais da imprensa que queriam entrevistá-la. Depois da sessão de entrevistas e fotos, os amigos vieram cumprimentá-la pela composição e execução da suíte. Raphael, orgulhoso da sua esposa, não largava sua mão.

— Sarah, parabéns! Simplesmente excepcional sua suíte, que peça musical fabulosa! Diga-se de passagem, foi magistralmente executada por você e seus colegas! Quanto a você Raphael, também aproveito a ocasião para parabenizá-lo duplamente: pelo seu ingresso na ESM e por ter conquistado a moça mais linda, culta, inteligente e sofisticada que já conheci. Sem sombra de dúvida, você é um felizardo!

— Obrigado, senhor! Tenho convicção disso! Sarah é a mulher mais especial do mundo.

— Obrigada, diretor Amadeu, está parecendo que sou eu quem está aniversariando. Mas a dona da festa é nossa instituição — brincou Sarah, com um leve sorriso nos lábios. E completou:

— Na verdade quem está de parabéns é nossa escola e sua competente administração. É uma honrar fazer parte desse corpo docente.

Seus amigos Jorge e Teresa, que haviam chegado da Europa há cinco dias, também foram parabenizar Sarah e o ex-funcionário garçom. Raphael, graças à influência de Sarah, conseguira um emprego como músico. Passou a ser o mais novo integrante de uma *jazz band* que tocava num sofisticado clube noturno da capital baiana.

Sarah parecia uma atriz de Hollywood que acabara de ganhar o Oscar, virou o centro das atenções. A estrela da noite. Ela estava radiante e iluminada. Naquela noite, extraordinariamente, sua luz interior brilhava com uma intensidade ímpar. Seu magnetismo pessoal preenchia todo o ambiente. Seu sorriso era o certificado da sua felicidade plena. Era tanta felicidade que ela não podia mensurar. Sarah tinha a sensação de que havia sido recompensada pelo Ser Supremo por todas as dores que experimentara antes de Raphael entrar em sua vida.

A violinista havia prometido para si mesma que teria mais reservas no próximo relacionamento, apesar de que desejava, com ardor de uma mulher carente, envolver-se romanticamente, no entanto, planejara não se entregar por completo a nenhum homem, pois decididamente se recusava a sofrer novamente por amor, visto que seu último *affair* fora um terrível desastre.

Com o coração ferido, só conseguia enxergar sordidez nos homens. Para ela o que o sexo oposto sabia fazer de melhor era se camuflar sob "penugens coloridas" a fim de abocanhar a desavisada da vez.

— Os homens mentem, enganam, dizem e fazem tudo por uma conquista, usam métodos ardilosos para envolver uma fêmea carente. As mais susceptíveis são presas fáceis nas garras desses lobos disfarçados de cordeiros.

Tentava se convencer dessa ideia para não ser mais enganada. Era uma forma de se blindar contra os aventureiros levianos. Mas todo seu plano de defesa foi por água abaixo quando conheceu Raphael. Tentou fugir, proteger-se daqueles sentimentos que a deixavam vulnerável, incutir no seu inconsciente que um relacionamento entre eles era incompatível, mas suas estratégias foram inúteis, porque o que nasceu para ser flor, infalivelmente será. Não adiantava debater-se contra o que era inevitável. Aquele encontro já estava marcado, tinha data e hora para acontecer.

Depois da sua primeira noite de amor com Raphael, ficou cristalino para Sarah que ele era o homem da sua vida. Ela estava disposta a "pular do décimo quinto andar sem paraquedas", se assim fosse preciso, para viver este amor sem amarras e preconceitos. Sendo assim, poetizou:

"Ele chegou de mansinho...

ocupando todos os espaços...

Sorrateiramente impôs sua presença...

Resisti:

Hei! Aí não!

Em vão...

Ele já tinha se alojado justo naquele lugar: remendado, puído, marcado a ferro, ferido...

Fez os reparos possíveis

Ligou os fusíveis

Fez a faísca luzir

A luz clarear

E a vida em mim, milagrosamente, voltou a pulsar..."

Raphael era todo contentamento e alegria, estava vivendo também o melhor momento da sua história. Não imaginava que, em tão pouco tempo, pudesse alcançar tantas graças. O ingresso na Escola Superior de Música era um sonho acalentado desde menino, pelo qual se esforçara dia e noite para conquistar, portanto, fora mérito adquirido a duros sacrifícios que valera muito a pena. Mas Sarah era um bônus-prêmio que não esperava receber naquele momento. Ela era um diamante lapidado de brilho intenso e de valor incalculável, que o destino se encarregara de colocar em sua vida.

A cada segundo ele se apaixonava ainda mais por aquela mulher incrível, os dias se passavam e seu amor só fazia crescer, ramificando-se em suas entranhas. Toda manhã agradecia a Deus por acordar ao lado dela. Raphael amava todos os gestuais de Sarah: sua maneira de falar, de comer, de sentar, de sorrir, de prender o cabelo, de andar. Ele amava seu cheiro (nele se inebriava), seu gosto (nele se deliciava) e sua forma única de entrega quando faziam amor... Amava os mil jeitos daquela mulher singular e ao mesmo tempo plural, multifacetada, poliédrica e fascinante que o inspirava e o impelia a tornar-se um grande músico.

Todas as suas conquistas, desde que a conheceu, passaram a ser por ela e para ela. Ele queria que Sarah sentisse por ele o mesmo que sentia por ela em termos profissionais: orgulho e admiração. Sarah era seu exemplo de dedicação, compromisso e talento. Ele queria honrá-la e ser merecedor vitalício de seu amor.

O amor de Sarah e Raphael vibrava na mesma sintonia. Ambos estavam no mesmo padrão energético. Conexão que só existe entre almas afins. A cumplicidade se estabelecia apenas no olhar. Palavras não precisavam ser ditas para expressar desejos, eles se comunicavam até (e principalmente) no silêncio. É como se eles estivessem casados há muitos anos (e não há um mês), ou se conhecessem, quem sabe, de outras vidas...

Já era quase meia-noite, Sarah estava exausta, mas em êxtase, queria ir para casa digerir minimamente aquele dia repleto de boas emoções e glórias, e, claro, ficar a sós com seu homem — havia um champanhe no gelo esperando por eles. Sarah estava louca para fazer amor com seu marido e dormir de conchinha. Eles se despediram de todos e saíram de mãos dadas em direção ao estacionamento da ESM. Como a cerimônia do centenário da escola havia começado pontualmente às 20 horas, muitos convidados já tinham ido embora, o estacionamento estava praticamente vazio.

Ao se aproximar do seu jipe, Sarah acionou o alarme, olhou maliciosamente e cheia de desejo para Raphael, beijou suavemente seus lábios...

Nesse momento, ela sente um puxão que a desequilibrou. Ao abrir os olhos ambos, são surpreendidos por um rapaz visivelmente drogado com uma arma na mão direita e na esquerda a bolsa de Sarah que ele acabara de tomar à força.

— Calma, moço! Pode levar o que quiser, mas não nos machuque!

Disse Sarah apavorada, esticando o braço com a chave do carro.

— Não se preocupe, moça, não quero seu carro, não sei dirigir, espero que aqui tenha algum dinheiro — falou o assaltante com ar de deboche.

Raphael se sentiu impotente vendo Sarah em pânico, sua vontade era de reagir, mas ponderou.

— E você, playboy, passa esse seu relógio de bacana, rápido senão meto bala, rápido, rápido que o guarda tá vindo!

Nervoso Raphael não conseguia se desvencilhar do relógio, o assaltante, para não ser pego e desviar a atenção do vigilante da ESM que se aproximava, disparou um tiro e saiu correndo, a intenção do bandido não era matar ninguém, somente conseguir fugir...

Tudo aconteceu em fração de segundos. O disparo foi em direção a Raphael, mas, numa reação inesperada, Sarah se jogou na frente dele e o tiro, à queima-roupa, atingiu-lhe próximo ao coração. Seu corpo desfalecido caía ao chão, mas Raphael conseguiu segurá-lo antes da queda. Desesperado, ele gritava por socorro. Esbaforido, o guarda aproximou-se do casal, ele estava perplexo, sentindo-se culpado por não ter chegado a tempo para desarmar o bandido. Em soluços, Rapha pediu que chamasse uma ambulância. O vigilante chamou o serviço de emergência e correu para ver se alcançava o bandido. No meio do estacionamento silencioso e vazio, Raphael segurava Sarah no colo, em soluços implorava desesperadamente para sua amada, toda ensanguentada, que não o deixasse:

— Meu amor, fica comigo! Não, por favor! Não me deixe! Eu te amo! Preciso de você. Meu Deus, não é justo! A bala era pra mim, não pra você.

Sarah conseguiu mais um fôlego de vida, com um olhar sereno, respondeu com voz fraca e ofegante:

— Você tem que viver pra realizar seu sonho. Eu consegui realizar todos os meus. Não fique triste! Você me fez a mulher mais feliz desse mundo. Nosso amor é eterno, viu? Vou estar te esperando do outro lado da ponte...

Essas foram as últimas palavras de Sarah que, às 23h59 do dia 14 de julho, fez a passagem para o mundo espiritual, desenlace carnal percebido, como um fluido energético, por suas violetas que, no momento da partida da violinista, murcharam e feneceram no mesmo segundo que ela.

Raphael despediu-se de Sarah beijando seus lábios, dominado por uma forte emoção de tristeza e dor, abraçou forte seu corpo sem vida e chorou convulsivamente. Um filme dos momentos felizes que passaram juntos veio em sua mente em câmera lenta. Coincidência ou obra do mundo invisível, de repente, ele ouviu a trilha sonora que embalou sua história de amor: a música "Rosa", que, naquele exato instante, estava sendo executada pela orquestra da ESM, era o réquiem para Sarah, a última homenagem que a escola prestava para sua estrela mais brilhante, mesmo não tendo, ainda, a ciência de sua partida...

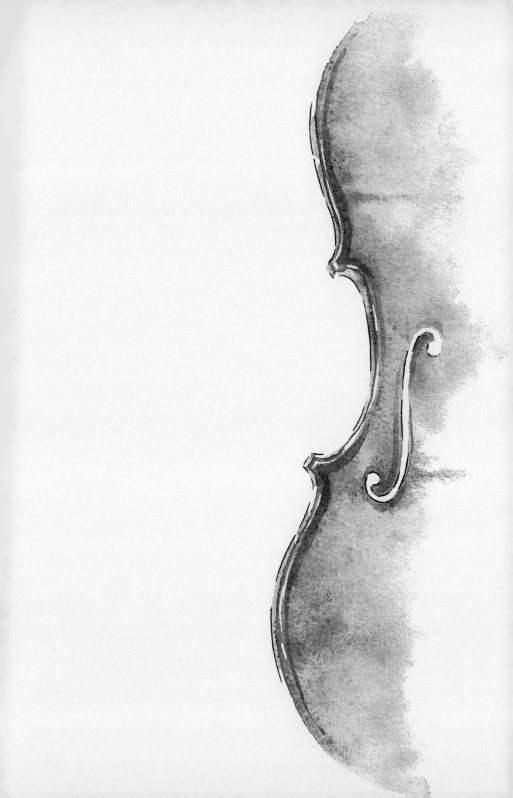